ふくらむ言葉

現代短歌の鑑賞
▼一五五首

今井恵子

砂子屋書房

ふくらむ言葉　＊目次

装本・倉本　修

ふくらむ言葉

——現代短歌の鑑賞　一五五首

はじめに

先日、これから作歌を始めようという人に、「何をすればよい歌が作れるでしょう」と話しかけられた。それはわたしも知りたい、解っていれば誰にでもよい歌が作れるだろう、と思ったものだ。一人になって、いったい「よい歌」とはどのような歌をいうのかと考えた。一般の人が誰でも知っている有名な歌、短歌大会で特選に選ばれた歌、短歌雑誌の巻頭の歌などを念頭に思い浮かべる。それだけでは何だか釈然としない。

清水房雄さんの晩年の講演を何回か聞いた。アララギ派の歌人らしく、話を写生写実で押してゆく。具体のもつ力に感じ入り、終わったときには充足感があった。話題は次々に横にそれて広がっていった。何処へむかうとも知れない話は融通無碍。いつしか発端など忘れてしまう豊かな膨らみがあって、同じ話を何度聞いても飽きなかった。そういう味わい深い話をする人が少なくなったと思う。清水さんはいつも、「皆さん、よい歌をつくりましょう」と講演を結んだ。

わたしは初心のころ、よい歌とうまい歌は違う、よい歌を作りなさいと教えられた。模範答案を書くだけではいけませんよというくらいの意味だったろう。では、よい歌とは何だろう。考えはじめると際限がない。読み方次第でよくも悪くもなる歌はたくさんある。だからといって、すべてが等価なのではない。読んで深い感興の湧く歌と、そうでない歌を確かに判断しているのである。そのときの評価軸を尋ねられたら、明確に言い表すのはむずかしい。言えないから考える。

　あまりしかつめらしく考えず、清水さんのように、「よい歌をつくりましょう」と唱え続けるのがいいのかもしれない。よい歌とは何かと考えながら、目の前の一首を読む。その繰り返しの中で、短歌はどのような詩形なのか考え続けたい。この歌いいわね、と言ったとき、そうね、と頷いてくれる人がいれば嬉しいし、どこがいいの、と問う人がいれば、それもまた嬉しい。そのようにして評価軸が更新され、読みが膨らむことが大切だ。

　本書は、二〇一七年一月から十二月まで、砂子屋書房のホームページで担当した「日々のクオリア」を一冊にしたものである。そのため、季節にそって書いている。少し言い回しをかえた箇所もあるが、ほぼ同内容である。ウェブ上にあるものを今更とも思ったが、まとめてみると、よい歌とは何か、自身に問いかけながら暗中模索していた自分に出会う気がした。引用は、巡りあわせによって、わたしの机辺にあって、しばしのあいだ、豊かに言葉の膨らみを感じさせてくれた歌歌である。

　多くの事物は、数値化によって評価が決まる社会になった。その傾向はますます強まっている。そういう社会であればこそ、数値化できない創造的活動の価値は、もっと尊重されてよいだろう。まずは一首の歌を丁寧に読むことから始めたい。

二〇二二年二月四日　立春の日に

今井恵子

現代短歌鑑賞

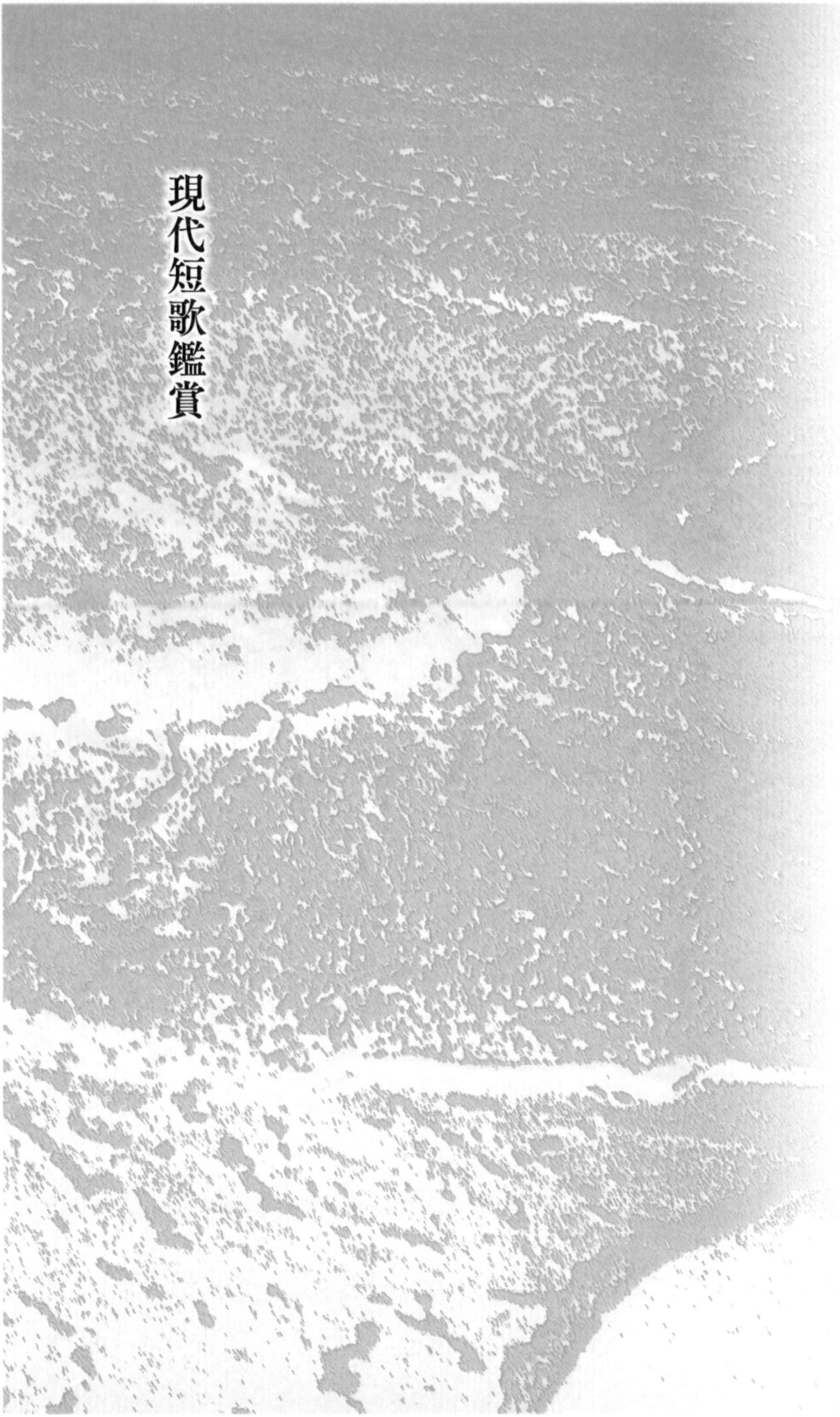

初詣帰りの道に野の草のハーブ引き抜き妻は手に持つ

奥村晃作『ビビッと動く』（二〇一六年・六花書林）

門松をたてたり、床の間に鏡餅を供えたり、家族揃ってお屠蘇を祝うというような、「お正月」は年々減ってきた。街を歩いいも、年末年始に町全体がはしゃぐ様子もなく、イルミネーションも落着いた色調で輝いている。宗教研究者の島田裕巳氏は、宗教はどんどん衰退してゆくといっており、寺院経営の苦しさが報道されてもいる。それでも、門松をたてずとも初詣にはゆくという人は多いようで、三が日の神社仏閣はたいへんな賑わいをみせる。日本人の初詣にどれほど強い宗教性が感じられるかは別としても、新年の初詣は、日本人の意識習慣に根強く残ってゆく年中行事だろうと、わたしは思う。

『ビビッと動く』は著者の第十五歌集。展覧会を巡り、旅行へ足を運ぶ。歌の素材は活動的な日々を思わす。掲載の歌は、そのなかの「妻」を歌ったもの。歌集の中で多いというのではないが、他に〈充分の時間あるのに注文の料理をせかす妻をなだめる〉などもあって印象に残った。

引用歌の、連れそって初詣をはたした夫妻は、ちょっと散歩にでましたよという風情である。妻は道端のハーブの茎を手に弄び、夫はそれを観察している。新年がくれば初詣をするが、「初詣」に特別な感情が動くのでもない。下句の細部描写が「初詣」にともすると被せられる先入観を無化してしまうところに注目したい。強靱な観察の目がある。

次のような歌と並べると、作歌の心情として奥村が長年となえてきた「ただごと歌」のターゲットがどこにあるかよりはっきりとする。

オフィーリア仰向けに寝て水漬きつつ手首と顔を空気にさらす

緑金の背美しきコガネムシ葉に載って食うヒメリンゴの葉を

2017/01/05

いや赤き火鉢の火かもふつふつにもゆる怒りを抑へつつ見る

岡本かの子『欲身』（一九二五年・越山堂）

冬の和室に火鉢を置く暮らしがあった。手をかざして炭の火を見つめていると、火のエネルギーに心が浮き立ったものだ。火だって人間だって、おこるには元気がいる。この一首、赤々と燃える炭と、ふつふつと怒りを滾らせる人間が向きあって壮観である。

「怒る」は、「キレる」とはどこか違う。あえて言うなら「キレる」は受動的で先がない感じ。キレてしまえば元に戻すのは難しい。「怒り」は内側から湧きあがる過大な活力で、次に何かがやってくる。人それぞれではあるが、「怒る」は始まり、「キレる」は終末の感じがする。ベクトルの方向が違うように思うのである。

たちどころに本質を見抜く美意識と無垢な魂をもつゆえに、岡本かの子は、精神を病み、愛人を作り、仏教を研究し、短歌や小説を書いた。あらゆる煩悩を抱え込んだ。けれども同時に、巨大な生命力を蔵していた。それが「ふつふつともゆる怒り」である。火鉢の火と身より噴き出す怒りの対峙であり、両者は対峙しながらもやがて一体化して行く。

「芸術は爆発だ」と言った一人息子の岡本太郎が、一九七〇年の大阪万博で、丹下健三の大屋根を突き破ってつくった太陽の塔を髣髴とさせる。

2017/01/07

ひなたより入り来し赤いセーターの少女つかのま陽のにおいせり

三枝浩樹『朝の歌』（一九七五年・反措定叢書）

戸外から室内に入ってきた赤いセーターの少女は、今まで何をしていたのだろうか。日溜まりで友達とおしゃべりしていたのか、駅から冬の陽ざしの中を歩いて来たのか。入ってきたとき、室内の暗さに馴れるまで、少女はしばらく立ち止まったに違いない。場面は特定できないが、少女は明るく温かい気分を運んできた。自身が纏うものに気づいていない、無自覚で自然な温もりが、少女に無垢な気配を添わせている。聖性といってもいい。

『朝の歌』は三枝浩樹の第一歌集。「〈朝の歌〉覚書」で、「短歌的なるもの、すなわち短歌的感性秩序というものはいまだに根づよく存在するが、ぼくらは短歌によって短歌的なるものを駆逐しなければならない、と思う」といっている。志す作歌上の二点は「即物感と抽象性」といい、だから集中には次のような歌もたくさんある。

情念のくもりの内にいる午後を肺腑までぬれしカミュが通る
想念の昏がりへ発つ鳥の眼の芯さむざむと夕焼けている

「セーターの少女」と「カミュ」。かけ離れているようでありながら、一九七〇年代の青年が希求した崇高が見えるようだ。このとき三枝がいった「短歌的なるもの、すなわち短歌的感性秩序」が何を指しているのか、四十年を経た今、再考したいところである。

2017/01/10

地の上は暮れゆくばかり振りむけば出で来し穴に光の増しぬ

十鳥早苗『縄張り宣言』(二〇一五年・本阿弥書店)

一首だけを読むと、一瞬、作者は虫になったのかと思う。「穴」がそう思わせるのである。歌集では、前に〈いくつもの段上りきて地にたてば強き風受くビル風という〉があるので、「穴」は地下道の出口であると解るのだが、解りながらもこの歌を読むと、奇妙に感じられる。歌の作意がそこにある。

誰でも、地下街出口から、都会のビル街にひょっこり踏み出し、立ち位置を確かめるとき、蚯蚓や蟻が地上に顔を出したときもこんなだろうかと思うことはあるだろう。彼らは、光の加減から方向や気配を感じ取り、歩き出す方角を決める。進化をとげた人間の都市生活と、下等な動物とされる蚯蚓や蟻の生態であるが、しかし、ふと、感覚的に相通じることがある。十鳥早苗は、そのような日常の中に動く感覚を大事に歌っている。歌集では、この歌は〈この下の深きところにわれらゐてペットボトルの水など飲みき〉へ続く。

理の立った知的説明を避け、自己の感覚を信じ、感覚にそって忠実に事柄を述べてゆく。それは、作者の自我を外へ押し広げるのではなく、感覚をとおして外部を受容し折り合いをつけてゆくことなのではないか。『縄張り宣言』は、そのような思想の在り方を提起している歌集である。次のような歌も印象に残った。時間をかけてゆっくりと読みたい歌だ。主語が、体、時、空木である点が興味深い。

太陽の反対側でいっせいに眠りに落つる体のすなほ
時は柚子に小さき五辨の花さかす雪のやうなる白さに点る
白花を空木はつけて黄昏に人の佇つかと見するかたまり

2017/01/12

独楽は今軸かたむけてまはりをり逆らひてこそ父であること

岡井　隆『禁忌と好色』（一九八二年・不識書院）

正月に、子どもたちが羽子板や独楽回しや凧揚げをして遊んだのはいつ頃までだったろう。この頃ではほとんど見かけなくなったが、歳末に押し入れを整理していたら、子どもが幼稚園で回していた傷だらけの木独楽が出て来た。懐かしかった。独楽を見ると必ず思い出すのがこの一首。引き合う力の均衡と緊迫、回転する力の孤高を具現している。

この歌は「家族抄」という連作の中にある。父と息子という家族内の対立関係を主題として、回り続ける独楽のありさまが、表現上の比喩になっている。主題と表現という言葉の上での均衡も、緊迫感を含んで、二重三重に絡みあって読者をひきつける。

家制度廃止後の戦後日本の家族は、家庭内における人間関係を大きく変えた。社会のなかでの家族の在り方もとめどなく自在になり、今では、岡井隆のような昭和一桁世代が家族間に保っていた距離感や対立意識や親和性を若い世代に説明することは、なかなかに困難だと思われる。

「逆らひてこそ父であること」というような対立は、実生活の局面で躓きを生んだにちがいないが、反面、人間の成長過程で強い自我をつくるための試練であったろう。軸が傾いても回ろうとする孤高な独楽の姿は寂しいが、あやうい力の集中と均衡はうつくしく感動的だ。今だからこそ、家族とは何なのか、考えさせる歌でもある。

「家族抄」には、次のような独楽の歌もある。

しづかなる旋回ののち倒れたる大つごもりの独楽を見て立つ
夕ぐれの大地に独楽を打ち遊ぶくれなゐのひも湿り帯びたり

2017/01/14

動かねばおのづからなる濃き影の落ちてをるなり池の鮒の影

若山牧水『黒松』（一九三八年・改造社）

若山牧水というと旅と酒のイメージが先立つが、晩年（といっても、四十四歳で亡くなってしまったのだが）、動けなくなってからの歌も、しみじみとした静謐をたたえて味わい深い。この歌は「池の鮒」と題した五首の内の一首。昭和三年、最晩年の作である。

牧水は昭和三年十月七日、沼津の自宅で永眠した。『黒松』は没後に刊行された歌集である。「創作」の牧水没後五十年記念号によれば、「牧水生前にある程度編集しかけてあったのを没後若山喜志子、大悟法利雄の二人で編集し、全集にも『黒松』として載せてあったものを歿後十年記念として新たに単行本としたもの」という。巻末は「最後の歌」の二首、〈酒ほしさまぎらはすとて庭に出でつ庭草をぬくこの庭草を〉〈芹の葉の茂みがうへに登りゐてこれの小蟹はものたべてをり〉である。

鮒が池の底に影を落としている。小題は「池の鮒」であるが、鮒を見ているのではなく、影を見ている。影の動きを追っている。作者の目は、魚というモノを見ているのではなく、動きというコトを歌おうとしているのである。

牧水の旅や酒は、好きだという以上の何ものかだ。このように、何かを前にしたとき、個々の物ではなく動きに主眼を置く傾向と通底している。この歌の次の歌は〈静やかに動かす鰭の動きにも光うごけり真昼日の池に〉。鰭の動きは、生命の動きに等しい。

歌の結句が八音で「影」の語が繰り返される点に注目したい。『海の声』以来の、牧水特有の調べを味わうことができる。

2017/01/17

等伯の松林図けふ観にゆかむ朝の床《とこ》にきたる雨音

経塚朋子『カミツレを摘め』（二〇一六年・ながらみ書房）

六曲一双の長谷川等伯の松林図屏風は、「美術史上日本の水墨画を自立させた」といわれているそうである。遠く雪山をのぞみ朝霧にけむる松の林を描く。濃い墨で描かれた四本の松とその周りの墨の濃淡は、屏風の前にたつ者を、あたかも松の林の中に立っているかのような気持ちにさせる。

引用の一首は、小題「過る手迷ふ手―長谷川等伯展」五首の第一首目。ふつう、展覧会に行って作歌をこころみると、どこかレポート風になってしまいがちだが、この歌にはまったくそういう気配がない。

一読、等伯展にゆく契機が「朝の床にきたる雨音」であるように読める。目覚めたら雨音が聞こえ、松林図が連想され、等伯展に行くことにした、というように。「朝の床に聞きたる」ではなく、「朝の床にきたる」である点に注目したい。音が床にやってきたという擬人化が、言われなければ気づかないような自然さである。技法として擬人法を用いているのではなく、自身の感覚にそっているからだろう。

「朝の床にきたる雨音」と「朝の床に聞きたる雨音」。違いは何かといえば、思考が「われ」を中心にめぐるかどうかである。『カミツレを摘め』は、雨音が聞こえたら、心を雨音にそわせ、雨音を主人公として世界をつくる。「われ」中心に感じたり考えたりしない。

この歌は次に〈等伯の松の林にこの雨はつづくのか　問うて消ゆる雨靴〉〈霧雨か霧かわかたぬ松林図　前を過る手　中を迷ふ手〉と続く。絵を見るというよりは、絵を感じている。他に次のような歌も印象に残る。

海の藻のゆらぎに生れて水半球の浅瀬にねむる海牛われは
バス停に足踏みしながら待ちをれば雲が千切れて落ちくるばかり

2017/01/19

淡雪にいたくしづもるわが家近く御所といふふかきふかき闇あり

林　和清『ゆるがゆれ』（一九九一年・書肆季節社）

今年は、例年にない寒気団が豪雪地帯に豪雪を降らしていると、日々のニュースが伝えている。

「淡雪」は早春のイメージかもしれないが、雪に埋もれている家々のテレビ画像に、奥深く不穏を秘める雪の静謐が思い出された。

「彼の作品には京都を中心とした膨大な「教養・知識」が埋め込まれている。本歌取り、返歌、典拠ある作品など、いわば新古今時代の歌作り」のようで、「鑑賞する場合、読み手が試される」（小高賢『現代の歌人１４０』）といわれている。わたしは、そのような歌を読むとき、教養ある人は教養を傾けて、教養のない人もそれなりに味わえばよいと思っている。典拠や本歌を探ることばかりに気をとられていては、あまり楽しくない。この歌は、上句の明るさ軽さと、下句の暗さ重さが対照をなして、シーンとした古都の風情が美しい。京都の地の、目に見える「淡雪」の下に、見えない「ふかきふかき闇」を抱き込んでいるところが魅力的。地霊という言葉がおもわれる。

塚本邦雄に〈聖母像ばかりならべてある美術館の出口につづく火薬庫〉の一首がある。「聖」と「凶」は、対立としてあるのでなく、コインの裏表のように接続し、密接に結びついているということが、鮮明なイメージで描かれる。並べて見ると二首は、上句と下句の幾何学的対照性で通じているが、塚本の歌が「美術館」「火薬庫」という空間概念で発想されているのに対して、掲出の林の歌は、「わが家」という「日常」と、「御所」という歴史的「非日常」の重層的時間から発想されているといえる。趣向は似ているが、空間から時間に移行された「ふかきふかき闇」が現在に及ぶ。

豪雪地帯に今日も降り積もる雪の下には、どのような時間が流れているのか。気づいてみれば、時代はいつも不穏であるのかもしれない。

2017/01/21

マンションより月夜に箱を運び出す男に淡き尻尾がありぬ

千々和久幸『水の駅』（二〇一一年・短歌新聞社）

マンション、月夜、箱、男ときて、尻尾。現実にそって考えれば、路上に映る影が尻尾に見えたのかもしれないが、この見立てはきわめて意味性が強く、「尻尾」の隠喩で一首を屹立せしめようとしている。

「尻尾」は、男の無自覚に引きずっている自我、あるいは現代都市にある人間の捨てきれない獣性など、いろいろに考えられる。わたしは、ふと、ジョルジュ・デ・キリコの絵を思い出した。マンション・月夜・箱という概念をたたみかけ、抽象性高く思念を述べているところに連想をうながされたのである。

『水の駅』にはもう一首、次のような尻尾の歌がある。

垂《しだ》り尾のながながし夜を飲み明かし尻尾を垂れて朝風呂を浴ぶ

一読すると〈あしびきのやまどりの尾の垂り尾のながながし夜をひとりかもねむ〉への戯れ歌のようにも見えるが、そのような振りをしながら、下句に、ある種の真実味を含ませる。飲み明かした翌朝の、後悔と満足と脱力がまじりあった茫然とした思いの戯画化である。秋の夜長の独り寝にくらべると、二重三重に意識の屈折があり、その屈折が「尻尾」を垂らしている感じだ。

「尻尾」が何であるか断定はできないが、引用歌を再読すると、「男」が動物でいることの証のように思えてきた。前衛短歌運動の影響が濃い作風である。千々和は、短歌と同時に現代詩を書いている。

2017/01/24

鍋の火を消してふりむく裏口の暗さの向こう燃えている空

糸川雅子『橋梁』（二〇一六年・飯塚書店）

調理は、家事の一つとして家族を支える大事な仕事であった。「厨」「お勝手」「台所」「キッチン」と、家屋のなかの調理場は、時代にそって呼び名を変え、そこに立つ人の様子や、さらにその人の家庭内での役割について、ニュアンスを変えてきた。近年は男女とも調理を楽しむ人々が増え、「男子厨房に入るべからず」などというのは遥か昔のことになったが、シャドウワークとして「厨」で働くのは女、という歴史はながかった。現在の「キッチン」の明るさにそんな気配はまったくない。

調理が一段落して鍋の火を消した。ふりむいた先に裏口の暗さがあったという。暗さは、単に夕闇がせまっていたというだけではなく、これまでここで立ち働いてきた女たちが見つめていた時間の暗さだったのではないだろうか。振り向いたとき、太古から営々と受け継がれてきた時間に遭遇したのではなかったか。したがって、その向こうに「燃えている空」も、具体的には夕映えを思わせながら、多くの女たちが思い描いてきた様々な憧憬や希望や情熱を連想させる。

『橋梁』は糸川雅子の第六歌集。比喩的な手法を駆使しながら、世界の時事、日本の時代状況を視野に入れている。いっぽうで境涯的な抒情を手放さずスケールが大きい。次のような歌がある。

水面にぽちゃんと小石の落つる音私の体のなかからきこゆ
ここを出てゆきたるものが勝者にて「過疎」とはそんな簡明さなり

2017/01/26

ペンギンに踏まれる感触の夢さめて満ちくるごとく身に力あり

古谷　円『百の手』（二〇一六年・本阿弥書店）

ペンギンの夢を見たのではなく、「ペンギンに踏まれる感触の夢」を見たという。わたしはペンギンに踏まれたことがないので、「ペンギンに踏まれる感触」といわれても勝手に想像するしかない。誰だってそうだろう。歩く速度や、鋭い爪と水掻きをもつ二本の足や、体の重量を思い浮かべると、冷感や痛覚とともに、何だか体中が濡れて傷だらけになったような気がする。楽しい夢とは思えない。

さまざまに思い描いても、これだという確信にいたらないが、見ていた夢の感じは伝わってくる。夢には抑圧された意識や関心の高い事がよく現われるそうだが、覚めてから内容を整理しようとすると、矛盾にみちて荒唐無稽で、なかなか言葉にならないものだ。踏む主体を、妙に詳しく、ペンギンだと特定するのも、夢の不思議さ。その夢で身に力がみなぎった。「ペンギンに踏まれる」という外からの力を感受して、自分に輪郭が生じた。

ふいに頭上にパイプオルガンひびくごと体広げる原子炉模型
寒月に照る雲ながれわが丘はひょっこりひょうたん島の気配す
Nobodyに会ったよと言ったこどもいて夕暮れのひそけきさみしさを知る

『百の手』は、作者四〇代の十年間の家族アルバムといった趣の歌集だが、ともすると時間の流れに回収されてしまいがちな折々の感覚を、丁寧に粘り強く拾いあげる。年代記的な事柄の羅列をさけて、対象に向き合う誠実が心にひびく。「ペンギンに踏まれる感触」が、わからないままにも感触を伝えるのは、言葉が内実をもっているからだろう。

2017/01/28

みづからを家の深くに進めゆく音せりよるの老い母の杖

中野昭子『夏桜』（二〇〇七年・ながらみ書房）

『夏桜』は中野の第四歌集。初期に比べると手触りが柔らかいが、それでも客観の眼が確かさを感じさせる。「家の深くに進める」という認識が、固定した建築物としての住空間を、どこまでも限りない、不可思議なひろがりの感覚へと転化する。

高齢者がふえ、家庭内での介護がもとめられ、近年では一般家屋でもバリアフリーが推奨されているという。わたしが母を介護していたのは十年ほど前のことだが、夜の廊下に響く母の杖の音を、何ともいえず寂しく悲しく苛立たしく聞いた。杖の音が聞こえるだけで、母が歩くときの背格好や機嫌の良し悪しまでわかる気がしたものである。暮らしを共にしていると、音は、物よりはるかに際限なく、空間領域を占有する。

と、いうようなわたしの体験をもとに、中野のこの歌に、老母への寂しさ悲しさなどの感情を読みとろうとしても、それはかなえられない。作者が、感情を第三者に伝えようとして作歌していないからだ。中野の歌には、第一歌集『草の海』から一貫して、構築的造型的な言葉の斡旋があった。鋭い認識によって現実を再構築するところに、きわだった特色がある。たとえば『草の海』の次のような歌。

雨水にすこしく河の膨るると想えるときに口のあきたる
わが母をおんなとわれが思いたるような沈黙　娘がするも

自己を一個のオブジェとして見るような扱いが、今読んで、すこしも古く感じられない。

2017/01/31

枝を過ぎ葉に触れはにふれそしてみなわが眼のなかへ雨おちてくる

加藤克巳『螺旋階段』（一九三七年・民族社）

雨の降る日に、木の下で空を仰いでいるのだろう。認識に、樹木の高低感と雨粒の遠近感が絡み合う。これは風景描写ではなく表現主義の歌である。やがてアメリカと戦争がはじまり、歌壇が戦意高揚歌に覆われてゆくという時代に、正岡子規以来の「写生」の方法とはちがう、このような作品が生まれていたのであった。

「葉に触れ」を「はにふれ」と言いなおす手法は、今日では目新しいものではなく、むしろ目立ちすぎると言われそうだが、当時、キュビズムやシュルレアリスムの影響によるこのような表現方法は、ファッショナブルで、たいそう新しかったにちがいない。

「はにふれ」の、漢字から平仮名への転換は、意味の解体である。「葉に触れ」と認識された意味が、音に解体されて意味の拘束を離れる。短歌の言葉が、作者の認識や感情をとおさず、どのように直接的に外界を受け止めることができるか。歌の問題意識はそこにある。

まつ白い腕が空からのびてくる抜かれゆく脳髄の快感
見ぬかれしはらだたしさにトイレットの鏡にわれをはりつけて来る

加藤克己はいわゆる短歌的抒情によらない歌人である。短歌史の上では、このような現代詩との境界にたつ作歌手法は、昭和三〇年代に盛んになった前衛短歌運動へ受け継がれることとなる。

2017/02/02

カナリヤの囀り高し鳥彼れも人わが如く晴を喜ぶ

正岡子規『竹の里歌』(一九〇五年・俳書堂)

カナリヤというと、西條八十作詞の童謡「かなりあ」を思い出す。「歌を忘れたカナリアは後ろの山に棄てましょか」という、あれである。子どもの頃、聞く度に、山に捨てられたり、鞭でぶたれたりしそうでとても怖かった。今「月夜の海に浮かべれば」と美しい歌詞をたどっても、何だか悲しい気持ちになるばかりである。そこへいくと、子規のこのカナリヤは、明るく晴れ晴れとして、何と開放的で力強いのだろうと思う。世界が明るくなるではないか。

明るさは、第一に「囀り高し」「晴を喜ぶ」の、カナリアの黄色、囀りの美しさ、陽光のさやけさからくること、第二に二句切れの声調の力強いこと、第三に「鳥彼れ」と「人わが」が対立並置され、しかも鳥が主で、「われ」が従として描写されている点によると思われる。

カナリヤがほんとうに晴天を喜んでいるのかどうかわからないし、歌全体の主眼は、「われ」が晴れた日の光を喜んでいるのだが、表現はカナリヤを「写生」している。

正岡子規は、古今集を否定して写生を提唱したが、その写生は、かんたんにいうと、このように、「鳥」と「われ」を対置して認識する目をもつことだった。西條八十の「かなりあ」が、人間のこととして鑑賞され、自我の形成や自己の存立に重ねられるのとは対照的だ。

昔見し面影もあらず衰へて鏡の人のほろほろと泣く
ビードロの籠をつくりて雪つもる白銀の野を行かんとぞ思ふ

相対化された自己と、新しさへのあくなき興味が「写生」を支えている。

2017/02/04

羞《やさ》しさはこころのはじめ水こえて来たる子の眼のなかの冬蝶

伊藤一彦『月語抄』（一九七七・国文社）

育児中は目先のことに振り回されてしまいがちだが、ちょっと距離をとってみると、子どもの成長過程には人間洞察にとって興味深いことがたくさん潜んでいる。「こころ」は、誰でもよく使う言葉だが、何を指すのかあらためて考えると、分ったような分らないような気持ちになる。『日本語大シソーラス』の「こころ」の項には、「精神」「魂」「考え」「気」「思い」「意」などが並ぶが、そのいずれをも包含してなお十分でない。大きな概念である。

引用歌では、人間が人間たるに必要なものを「こころ」と呼んでいるのだろう。自己を一方的に主張していた子どもが、あるとき羞恥心を知った。控えることを覚えたのである。外部の存在への畏敬といえばすこしオーバーか。

「水こえて来たる」が「子」にかかるのか、「冬蝶」にかかるのか、ちょっと迷ったが、二句の後の空白が大きいので、以下は一息に読むこととした。つまり「子」にかかると考えた。「冬蝶」は俳句の季語で、俳句に〈たどたどと籬に沿ひて冬の蝶　西山泊雲〉や〈凍蝶に指ふるるまでちかづきぬ　橋本多佳子〉などがある。酷薄な生の象徴と読める。

歌の眼目は「こころのはじめ」が「羞しさ」だというところ。作者の人間観を鮮やかに反映している。外界を知った子どもを見つめる作者の目が温かい。「こころ」の深遠を見る思いがする一首だ。歌集後記に「定型詩短歌が本質的にもつ抒情性に対するアンビバレンツが私のなかにある」とあり、作者の人間観とともに考えさせられる。

2017/02/07

発音で出自が知れるイギリスの階級社会を強く憎めり

渡辺幸一『イギリス』（二〇一三年・ながらみ書房）

ミュージカル「マイフェアレディ」のヒギンズ教授とイライザのやりとりを思い出した。言語学者が下町の娘に上流社会の言葉を教え込む物語である。階級社会は、戦前の日本にも色濃くあったはずだが、今の日本に住むわたしたちが時代の空気感を想像するのは難しい。同じように、EU離脱や移民問題やアメリカ大統領選挙の影響など、ニュースは連日新しい情報を伝えるが、現地の人が体感している感じは、なかなか解からない。

渡辺幸一は、イギリス国籍を取得してロンドンに住む。『イギリス』は、『霧降る国』『日の丸』につづく第三歌集である。幼児期にイギリスに渡り英語を母語として育った、『日の名残り』などで知られる小説家カズオ・イシグロとは違って、イギリスに住んで日本語の短歌をつくっている。内在する二つの言語や文化から生まれる短歌作品は、現在の日本の短歌にとってたいへん貴重だ。

『イギリス』は、二〇〇五年のロンドン同時爆破事件後の、ロンドンの緊迫が歯切れよい文体で率直に歌われている。あたらめて読んでみると、EU離脱にいたる過程の必然性が感じられた。「階級」の壁が肌に接して強固にそびえたっている。『イギリス』は、読者に「現場」を強く考えさせる。

伝へむとして伝はらぬ底深き孤独に耐へて書くほかはなし
テロを恐れ電車に乗らず歩くなりテムズの寒き風を浴びつつ
通勤のバスに乗り込む有色人種《カラード》の中の一人のわれを意識す

2017/02/09

午後の陽は卓の向かうに移りきて人の不在をかがやかせたり

雨宮雅子『水の花』（二〇一二年・角川書店）

伴侶を亡くしたのち、余生を一人で過ごすと決めている人は、今、とても多いらしい。この歌は、伴侶をなくしたあとの無人空間を歌っている。一人午後のテーブルに向っている。昼食をすませたのちの時間だろうか。静かに寛いでいる感じだ。しばらく坐っていると光が移るにつれて、翳っていたときに曖昧だった家具の一つ一つが鮮明な輪郭をもつ。存在を主張するかのようだ。存在と不在はコインの裏表。存在が鮮明になれば、片方の不在も鮮明に意識される。そこにいるべき人の不在がきわだつ。

この歌は「かがやかせたり」が、何ともいいと思う。寂しくて、愛おしくて、たっぷりとして華やか。不在にしてなお、そこに人が輝きを放っているかのようである。こういう歌を読むと、人間は死の後にこそ存在の意味を問われるのではないかと思われる。

作者は、キリスト者として生きたが、晩年になって棄教した。長い逡巡が続いたという。『水の花』巻末の文章に心境が語られる。宗教は人間を救済するが、反面では束縛することもあるのだろう。

曲るホームに沿ひて列車の止まれるは体感のやうにさびしかる景
宗教の必然あらぬにつぽんのやはらかき土わけて草萌ゆ
つつがなくなにごともなく過ぎし夜《よ》の卓に点《とも》れる二つ枇杷の実

2017/02/11

寒雀このあかつきのさへづりにおもてただしてわれはありたき

坪野哲久『桜』（一九四〇年・甲鳥書林）

己の理想にむかって真直ぐに志を述べるという歌を、このごろあまり見かけなくなった。寒冷のきつい朝、書架の奥から、冷えて縮こまっていた歌集をとりだし、坪野哲久の歌を読み返したら、たいそう励まされた。

戦中から戦後にかけて、坪野はプロレタリア短歌の旗手として注目された。プロレタリア短歌は時代状況に密着していたので、時の流れるにしたがって理解や共感が難しくなり、読まれなくなる歌が多いが、坪野の歌には時代をこえる言葉の力がある。

鳥の声が聞こえ寒い冬の朝が明ける。暖房器具の少ない昭和の冬は寒かった。空気がしみて、頬が板のように感じられたものだ。外界の厳しさは「われ」への明確な自覚を促す。そこで、作者は「おもてただして」と、自己を奮い立たせるのである。奮い立たせているものは胸中に抱く志。羽根を膨らませた「寒雀」のイメージが効いている。

『桜』には、次のような歌もあり、述志をささえる底に、人間愛・人間信頼が流れている。それゆえ、時代をこえて、言葉がわたしたちに響くのだ。

冬なればあぐらのなかに子を入れて灰書きすなり灰の仮名書き
むつかしき外面《そとおもて》なるを跳びすがりなにな父よと子は泉《いづみ》なす
ビルの間《あひ》の寒きくもりをぬけくれば河岸《かし》にいのちの乞丐《こじき》焚火す

2017/02/14

セイロンの紅茶淹れつつ思ふかなこの葉を摘みし人の指先

橋本喜典『行きて帰る』（二〇一六年・短歌研究社）

この頃、カフェでメニューを見ると、コーヒーや紅茶、緑茶までも、産地がブランドになって記されている。時代の傾向なのだろう。そのためか、食材から産地を連想する短歌作品にときおり出会うようになったが、この歌の、スリランカで産する紅茶の「セイロン」は、商品名やブランド名から生産地の連想を誘うだけにとどまっていない。

歌い出しはふつうに紅茶の種類で始まりながら、「セイロン」は下句で、「人の指先」が動く空間へとふくらんでゆく。作者の脳裏に、ゆっくりと静かに茶畑が「場」として広がる。「場」という自ずからの広がりが大事なところである。

「つつ」とあるから、淹れては思い、淹れては思うのだ。茶畑で働く人がいて、その指の先に摘みとられる葉を思う。その一枚一枚が紅茶になって、遥かに海をわたってきてここで香っている。名も知らぬ市井の人々に思いをよせる作者の人柄をよく語っている。さらにもう一つ、物事を連続させて捉える点に注目したい。

砂時計の砂さらさらと啄木の指の間を落ちて百年
葱に土かぶせて庭の一隅を深谷の畑のつづきとなしつ

なども同じ発想で、時間的にも空間的にも、繋がってゆこうとするのである。何のかかわりもない「セイロン」と、会ったことも無い「啄木」と、葱の縁でつながる「深谷」。おそらくこれは、次のような、歌は調べだという理念と関わっている。

古人曰く　理ならず調べなり　歌は　とわれも記さむとする

2017/02/16

たどりつく浜の薊に羽根ひらきあさぎまだらは全身さらす

玉井清弘『屋嶋』（二〇一三年・角川書店）

アサギマダラは、長距離を移動する蝶として知られ、春から夏にかけて北上し、秋になると南へ移動するそうだ。この歌は歌集の中で〈海越えてきたるを網にとらえたりあさぎまだらのまんだらの羽〉の次におかれている。一読すると、海を越えて旅をしてきた蝶が、薊に羽根を休めている場面のスナップショットのようにも読めるが、結句「全身さらす」に驚きと感動がこもる。

言われてみれば、動物も植物も「全身さらす」というようなことは滅多にないことだ。人間ならばなおさらである。蝶が薊にとまっている姿を「全身さらす」ととらえたところに歌の思想がある。それは、作者の抱えつづけた大きな主題につながる。長旅の労をねぎらう情でもなく、蝶の美しさに見とれる趣向でもない。生きる命の酷薄を凝視する。生きることの非情といっていい。

玉井清弘には、初期のころから、〈遠きより輸送のはてにとまりたるトラックのドア開けられている〉〈行きあいて物はもいわず島の坂水桶さげてくだるおうなと〉(『久露』)など、「全身さらす」に通じる、仏教的諦観へ引き寄せられるような眼差しがあった。

『屋嶋』は第八歌集。標題は、瀬戸内海に繰り広げられた、古代からの歴史を負った地名であるとともに作者居住の地である。

2017/02/18

かなしみはひとふりのむちせかれつつ歩むわが背に響く風音

藤井常世『紫苑幻野』（一九七六年・短歌新聞社）

何が契機の「かなしみ」か、語られてはいないが、「かなしみ」を抱いて風の街を歩いている。「かなしみ」はふつう「悲」「愛」「哀」などの漢字をあてるが、つまりは、心に深々と満ちてきて静かで抜き差しならない感情を指している。作者は「かなしみはひとふりのむち」という。一見すると平仮名書きで柔らかく感じるが、二句切れの断言に、きっぱりとした内面の強さがある。自己を前進させる励ましであり、契機である。

『紫苑幻野』の「あとがき」に藤井は「うたは私のつぶやきであり、心ひかれたものたちへの呼びかけであり、また、決して単なる慰めではない、もっと積極的な、生きる姿勢を示すものであったと思います」と記している。外界につながりながら、外部にむかって積極的に呼びかけようとする思いがうかがえる。

水禽をあまた浮かべて冬の川明けゆくときのかなしみにゐる
耳元をゆく風のごときささやきもわが身に受けてしばしかなしむ
桜桃はてりつつ持てるかなしみのいろあり掌《て》にはのせがたきかな

「かなしみ」は、集中このようにも歌われ、深々と満ちた情感をのこす。

一九七〇年代は、七〇年に大阪で開催された万国博覧会が象徴するように、戦後二十年を経て経済復興を果たした日本が、大きくアピールされた時期であった。もちろん、一方にははげしい社会運動が広がっていたが、人々の暮しに一定の安定感が生まれていた。『紫苑幻野』は、そのような時代を背景に編まれた。

2017/02/21

アダムの肌白人は美はしき白といひエチオピアの子は褐色といふ

春日いづみ『アダムの肌色』（二〇〇九年・角川書店）

アメリカ大統領選以来、難民問題の動向が日々刻々と、世界中に流れ続けている。難民問題は政治や経済だけでなく、民族や歴史について、センセーショナルに、また切実に問題を突きつける。突きつけられて考えるのだが、考えつつ、何処かで堂々巡りがはじまり、思考停止状態になってしまう。この一首は、それに関わって、端的にまた簡潔に歌われている。わたしは、思い出して、ふーむと考える。
『アダムの肌色』の「あとがき」によれば、『約束の地』という映画の一場面に高校生の弁論大会があり、「アダムの肌は何色か」というテーマが出たという。歌はそのシーンを描いたもの。神が初めて創った人間アダムの肌の色をどのように考えるかは、民族や信仰にとって大問題。聖書の圏外にいるわたしには、論じて結論が出ることとも思えないが、論議の過程に生動する思想によって世界は動いているのだとも思う。

春日いづみは、松田常憲・春日真木子に続く三代目歌人。作品は伸びやかに短歌定型にそいながらも、知的で上質な西洋文化の香をもっている。知的でありながら窮屈でない。

泣けば抱く抱けば揺するよわが腕しんじつ赤く肉弾む児を
しやり摑む前に一拍手を叩く寿司屋の親爺のリズムも美味し
共存の策は「住み分け」電気柵森の奥まで張りめぐらさる

2017/02/23

葦の間に光る水見ゆをさなくてかなしきときも川へくだりき

麻生由美『水神』（二〇一六年・砂子屋書房）

作者は、かなしいことがあって川へやってきた。川は何でも黙って受け入れてくれそうな場所だ。そう言えば子どもの時も同じように川やってきたなあと、思いにふける。子どもでも大人でも、深い「さびしさ」「かなしさ」を覚えることはある。水辺に繁る葦の間の光に、かなしみがほどけてゆく。光は水の表情だ。気持ちが滞った時に足を運ぶ場所があるということはとても大切なことだ。

この歌は、歌集の「水神」という一連のなかにあり、すぐ前の〈わたくしがゐなくなつても水神の樹はあると思ひき世界のやうに〉を受け、次の〈水神の樹の在りしより水ぎはへくだる径ありいまだ残れり〉へ続く。水神をまつる神木が伐られ、「わたくし」の拠り所がなくなってしまった「かなしみ」を歌っている。連作として読むと、「葦の間に光る水」は美しさや懐かしさだけではなく、背後に喪失感をともなうことがわかる。

現代に生きるわたしたちは、過去の記憶とテクノロジーの便利さにどう折り合いをつけるのか。世界的状況においても、個々の日常においても困難な問題になっている。四国巡礼を主軸とする『水神』は、歴史と自己にじっくり向き合い、事象はつねに重層的で複雑、という大きな主題から目を背けない一冊だ。見るべきものを見る。

暗がりにふと田の水のにほひくるわたしはそれをにつぽんと思ふ
首を打つ技能持ちたる人ありき斎《すゑ》なる人が原付でゆく
需めある人々に成るこれの世へ木の葉の間よりそつと手を出す

このような歌もある。

2017/02/25

湯に入れば湯殿に母はつき来り我が背を撫でて泣きたまふなり

岡野弘彦『冬の家族』（一九六七年・角川書店）

大正十三年生まれの作者が軍に召集されたときの歌。この歌の前に〈生きて帰れと言ふことばすらはばかりてただおろおろと母はいましき〉があり、それを受けての「つき来り」である。「たたかひを憶ふ」の章にある。出征を見送る母が流した涙を歌う。

家にいながらも、出征する息子に、母は「生きよ」と声に出していえない。世間の目が、幾重にも重なって胸中に及んでいるのである。胸中を察しているが、作者も強いて言葉にはしない。けれども、母はやはり気持ちを伝えたいのだ。人目の及ばない浴室にきて、息子の背中を撫でて泣いた。「撫でて」に、母の万感の思いがこもっている。言葉を奪われた母は、無自覚ながら触覚をもって息子を記憶しておこうとしたのかもしれない。

この歌を読むと、わたしはいつも、言葉って何だろうと思う。言葉で伝えられたら、それはそれで感銘深い母の思いではあるが、遮断された言葉の代わりに、皮膚感覚で記憶された母のかなしみは、いっそう深く、母の全体を作者に刻むことになったのではなかったか。

これは、戦時の家庭内における心理を歌い、反戦の思いを記録する一首であると同時に、言葉によって伝えることと、行為をもって推し測ることの違いを思わせる一首でもある。他に、折口信夫の衣鉢を継ぐ研究者としての次のような歌がある。

よみがへり信ずるゆゑにうつくしき明日香の御代の魂ごひの歌
脚ほそく腹大きなる幼な児がただひとり道にいでて泣きたつ
村の子のむれにまじりてうつつなし阿波の傀儡《くぐつ》の舞ふを見てをり

2017/02/28

雨の日はももいろの傘さしてゆく幾千のもものの桃色のあめ

入野早代子『花凪』(一九九三年・深夜叢書社)

雨の降る薄暗い街中に、「ももいろ」がふわりと開く。そこだけが明るむ。傘の雨粒が「ももいろ」に見える。見ていると数限りなく桃が生っているような気がする。

実際には雨粒と桃は、大きさといい、質感といい、まったく違うものだし、いくら「ももいろ」だといっても、ピンクの傘をさして桃を連想することはあまりないのではないか。

引用歌の第四句「幾千のもものの」は、現実からと幻想へと一気に飛躍する。「ピンク」ではなく「ももいろ」といったのは、この飛躍のためだ。漢字と仮名を織り交ぜて「モモ」という音を繰り返し、そういえば絵本の雨粒はいびつで桃の形に似ていなくもないと思わせる点は、実に巧みで美しい計算式を見るように鮮やか。声に出して読みたい一首である。

旧姓に呼ばれてふり向く一瞬の悪事あばかるるごとき騒だち
声もなく笑ひつづくる遺影はも怒らぬこはさを朝夕に見つ
たうがらし吊るされてゐる冬の窓逢はぬ恋こそながく欲りきぬ

自他に向けられる理知的な目が、自立した強い意志として感じられ、くっきりとした歌の印象を残す。自意識にそって描かれる濃い陰翳が、歌の彫りを深くする。

2017/03/02

薄墨のひひなの眉に息づきのやうな憂ひと春と漂ふ

稲葉京子『柊の門』（一九七五年・桜桃書林）

全国で雛祭が盛大に行われているところは多いようだが、わたしの住む鴻巣市でも、近年、「びっくり雛祭り」という巨大なピラミッド型雛段が話題を集めている。が、わたしは、雛人形は、びっくりしたりせずに、部屋の一隅に飾り、静かにゆっくりと春の訪れを寿ぐのがいいと思う。ちなみに中山道の宿場町鴻巣は、江戸期には人形職人が多く住む人形の生産地だった。雛人形を盛んに江戸へ出荷していた。今わずかに残る旧中山道沿いの人形店は、この季節になると、ぐんと華やぐ。

三月三日は昔、上巳の節句といい、人形によって厄災よけをしたのだという。沖縄や奄美の浜下りも、三月三日の女性の行事で、遠いところでは雛祭りとつながっているのだろう。

掲出の歌は、細く引かれた雛さまの目の上に、ほんのりと描かれた薄墨の眉。平安貴族の描き眉である。職人に受け継がれた筆の冴えがあり、作者の憂いがあり、春の季節がめぐる。

稲葉京子は、先ごろ故人となったが、『母の歌に新しい領域を加えた」（三省堂『現代短歌大事典』）といわれた歌人である。

かくれんぼいつの日も鬼にされてゐる母はせつなきところはの鬼

2017/03/04

はまぐりの汁澄みとおる雛の夜に俄かに母の老いふかみゆく

佐伯裕子『流れ』（二〇一三年・短歌研究社）

雛祭りの日は蛤のすまし汁で祝う。こういう食材に、雛祭りと「浜下り」の行事の結びつきを見るのは穿ちすぎるだろうか。沖縄や奄美に見られる旧暦三月三日の女性の行事「浜下り」は、深く広い海を思い出させる。海は生命の源である。「灯をつけましょ雪洞に」という童謡の歌詞には、明るく華やかな春の到来が歌われるが、掲出の一首は、古来より伝わる生命を包み込む、産む性としての女性が歌われている。

「母の老い」が深まってゆくと感じられるのは、三月三日がすこやかな女性の成長を祝う日であるからだ。対照的に歌われる「母の老い」は、一般的「老い」なのではなく、闇をも包み込む奥深い「女性の老い」である。「澄みとおる」はすまし汁の形容だが、あたかも「老い」のことのようである。「澄みとおる」の一語が冴える。

佐伯裕子は、知識人的風格をそなえた近藤芳美に師事した。言葉の斡旋の感覚的な冴えに特色がある。『流れ』では、次のような歌があり、戦後の時間をたっぷりと含んで厚みを加えている。

切りかけのキャベツを置きて彷徨に出でたる春の忘れがたしも
練兵場戸山が原の下ふかく昨日を乗せて地下鉄がゆく
２４６青山通りに着くまでにわれの戦後は見えなくなりぬ

2017/03/07

若狭より水を送りて大和にて汲みあげている春の仕来り

田井安曇『『千年紀地上』以後』（二〇一六年・不識書院）

若狭からの水を汲みあげる行事は、東大寺のお水取り。三月十三日、午前一時過ぎ、篝火と奏楽の中、堂童子、御幣を捧げ持つ警護役の講社の人たちの「お水取り」行列は石段を下り閼伽井屋（若狭井）に至り、若水を汲み内陣へ供える。お水取りは「魚を採っていて二月堂への参集に遅れた若狭の国の遠敷明神が二月堂のほとりに清水を涌き出ださせ観音さまに奉ったという」故事に由来するそうだ（東大寺ＨＰ）。若狭と大和の水脈がつながっているという背後の着想が、風水など、古代の思想をおもわせて興味深い。

神社仏閣の新年行事は、そこここに春の気配を感じさせて明るい。若水を汲み神棚へ供えて家内の無事を願うという、各戸で行われていた風習も、今日ではほとんど顧みられなくなった。が、想像するだけでも何やら聖なる気分がたちこめる。

歌集では、この歌を含む一連の前の章に〈若狭へ行く峠とうげのかかげたるかなしき合歓の花思い出づ〉があり、かつて訪ねて行った記憶を思いおこしながら、古代の時間、自分の時間、また地理的な場所をめぐる水脈を、春の行事に重ねあわせている。「春の仕来り」は、作者らしい突き放し方だが、のびやかで明るく広がりのある歌だ。

田井安曇は「アララギ」「未来」を経て「綱手」を主宰した。政治と文学を結んで社会的意識に根差した独自性を貫いたが、二〇一四年に亡くなった。遺歌集として『『千年紀地上』以後』がまとめられた。

「自衛隊に納むる船舶を点検する若者ら」港なれば一夜寝ねにき
魚食いに行くと笑まえど雪の地に受刑の人に会いにゆくと知る

2017/03/09

被災せし人は誰も見ず　鳥瞰的津波映像を見るはわれらのみにて

花山多佳子『晴れ・風あり』（二〇一六年・短歌研究社）

東日本大震災から六年が過ぎた。震災の当日、まだ地震の揺れがおさまりきらないうちに、テレビに流れた中継映像は衝撃的だった。津波が次々に街や家や田畑を呑み込んでいった。それは映画やCGで見知ったものと似ているようでありながら、まったく違っていた。恐怖というよりは、あまりにリアルすぎて、かえって絵空事のようで、わたしたちは、黙って画像の前に立ち尽くした。

震災体験は、その後たくさん短歌になった。短歌が記録にもっとも相応しいかどうか、よく解からないが、できるだけ多く言語化する努力が大事という思いは、今にかわらない。その中から、時間の風化に耐える歌は、おのずから残ってゆくだろう。掲出の歌は、そういう歌の一つだと思う。

この歌は、東日本大震災にかかわる経験をとおして「見る立場」にいる自身を認識する。映像を見ている人はそれだけで安全の中にいるのだと認識するのである。それは、わたしたちに、立ち位置への自己認識をするどく問いなおさせ、同時に震災詠という枠を超え、さまざまな場面を連想させる。

生垣に夕光《ゆふびかり》さしひよどりの首のあたりのざらつきが見ゆ
ことごとく生きてゐる人、生きてゐる人だけがどつと電車を降りくる

2017/03/11

苦しいと思えば呼吸を思い出す／苦しいと思えば浪江を思い出す

三原由起子『ふるさとは赤』（二〇一三年・本阿弥書店）

東日本大震災から六年過ぎた。もう六年かとも思い、まだ六年かとも思う。テレビでも新聞でも特集が組まれる。報道の視線によって、年を追う毎に、全容は整理され、問題が浮き彫りになる。と同時に、個々の細かい事象は捨象され、見えなくなってゆくものもある。それが自然なのだと思うが、3・11を現在の問題として考えることを忘れたくない。

『ふるさとは赤』の前半には、婚約報告のために帰郷し家族に祝福される歌がある。かけがえのない故郷が描かれる。

父と母、祖母と弟うなずいて「おねがいします」と頭を下げる
ふるさとを凱旋するよう　夕方の商店街を二人歩みぬ

「凱旋」という絶頂気分もいいが、素朴な家族の温もりが嬉しい。帰ればいつでもそこに迎えてくれる家族や友人知人がいる。「ふるさと」は浪江町。作者は3・11以降、それまでの故郷をなくした。

掲出の歌は、呼吸の苦しさのように故郷＝浪江があるという。震災とそれに続く原発事故が、身体感覚として刻印されている。次のような歌もある。差別やイジメのニュースに接するとき、きわめて今日的な歌だと思われる。

充血の眼をまっすぐにわれに向け除染の仕事を友は語りぬ
「あんなところ行くわけないよ」と嗤われてあんなところで育った私

2017/03/14

流されて家なき人も弔ひに来りて旧の住所を書けり

柏崎驍二『北窓集』（二〇一五年・短歌研究社）

柏崎驍二は、東北に住んで作歌し続けた。残念ながら『北窓集』が最後の歌集となった。東日本大震災に近接した作品を多く収録する。

「あとがき」に「北の力よ、もう少し耐えよ。その力を南に誇る日がきっとやってくる」とある。「北の力」は、震災や原発事故に特化したものではなく、日本の歴史の中で「南から来て北を追い込んでいるもの」を問う言葉だ。長い時間を視野に入れた重層的な思想である。

歌集には何かを伝達するのでもなく、主張するのでもなく、祈りのような強さと静かさをたたえた歌が並ぶ。作者のふところ深く受け止められた現実が、事の重さや厳しさを感じさせる。

掲出の一首も、静かに事象を述べただけだ。しかし、東日本大震災の津波で家を流された人の寡黙は、その土地に生きるとはどういうことか、という大きな問題の重さを感じさせるに十分だ。沈黙の重さと同時に、沈黙を受け止める作者の胸の内が思われる。

家を忘れたる老人を送りきて庭べの梅のひと枝もらふ
屋根のうへに摑まり流れゆく父が笑へるやうな顔向けしとぞ
巣の駆除の男二人に集団的自衛権もて蜂湧きあがる

2017/03/16

原発が来りて富めるわが町に心貧しくなりたる多し

佐藤祐禎『青白き光』（二〇一一年・いりの舎文庫）

『青白き光』は二〇〇四年に刊行された歌集だが、東日本大震災に続く福島原発事故に際して文庫化され、注目された。農業を営みながら、原発に反対し、地元の動向を直視した歌が実情を伝える。

原発事故は、わたしのように報道の情報によって考えるしかない者は理解の及ばないところが多い。原発の是非についても然りである。しかし、引き起こされた事の重大さは、次々に新しく深刻な事態を引き起こし、住宅問題や差別や苛めや人心不信や地域格差を招いている。

この一首、「心貧しくなりたる多し」という嘆きが、人間の弱さを露呈して哀しい。考えてみれば、「心貧しく」生きるかどうかは、このような事故がなくても、日々わたしたちが遭遇している現実の中にある。一般論として、短歌作品と作者の実像は必ずしも一致する処ではないが、事故後に、佐藤祐禎氏の写真を見たとき、わたしは何とも清々しい印象を受けた。心貧しくなるまいとした人の顔であった。歌を綴る原点とおもう。

原発に勤めて病名なきままに死にたる経緯密かにわれ知る
「この海の魚ではない」との表示あり原発の町のスーパー店に
原発に富めるわが町国道に都会凌がむ地下歩道竣る

東日本大震災後の再刊によって、わたしは、知らなかったこと／知らされなかった事の大きさに驚いた。また、人知れず、心貧しくなるまいとしている人の存在を知った。

2017/03/18

眼にふれて時にひかるは春の日に蜘蛛の糸など飛ぶにかあるらし

村野次郎『樗風集』（一九三八年・香蘭詩社）

『樗風集』が短歌新聞社文庫によって再刊されたときの千々和久幸の解説によると、北原白秋は、村野次郎を詩壇に推したのち「自らの内面的苦悩から門下生に対し、『諸君、私はかつて紫烟草舎解散の主旨をいよいよ貫徹せんがために茲に諸君と袂を別つ』という有名な『別れの言葉』を残して一時的に歌壇を去ることになる」とある。残された次郎は白秋を顧問に「香蘭」を起こした。白秋の高弟でありながら、今日では村野次郎の名前をあまり見ないが、品格のある薫り高い歌を残した。

掲出の一首、うらうらとした春の日に光るものがあり、蜘蛛の糸のようだという。「光」は村野次郎の大事なモチーフ。明るく伸びやかで、読後に印象派の絵を見ているような気分が残る。たっぷりと戸外の光を湛えた時空間を生む。「ひかるは」「にかあるらし」など、語の斡旋が文体に曲線的ならうねりをつくり、それでいて言葉が流れてしまわない。

もりあがる若葉のひかりあふりつつ青バス一つ走りてゆけり
かく居つつ安きが如し手の上に手はおきてゐてしばしねむりぬ
橋の上にあらはれ出でし支那の子の叫ぶと見れば逆立ちにけり

今日の短歌は口語的文体に覆われているが、切れそうで切れずに続く調子の、しなやかな短歌に立ち止まってみるのもいいだろう。

2017/03/21

リストラというよりかつての日本語は端的率直馘首と記す

水野昌雄『硬坐』(二〇〇六年・砂子屋書房)

歌集標題「硬坐」は、日本でいう普通車のこと。中国の電車の等級である。歌集「あとがき」に、「日本の場合、普通車とグリーン車という名称だが、中国では硬坐、軟坐である。端的、明快である」「二〇〇六年の中国旅行では、ハルビンから長春、長春から瀋陽まで硬坐を利用したが、庶民的な日常生活を身近に感じられるものだった」とあり、さらに「短歌表現は軟質がふさわしいかも知れぬが、根底にあるものは硬質の土性骨こそよけれだ」とつづく。わたしも二〇〇六年の旧満州、中国東北部旅行に同行させていただき、硬坐、軟坐の表現にいたく感動しておられた水野昌雄団長を印象深く記憶している。後にまとめられた歌集で「端的、明快」が感動の要因だと知った。日本と中国の言葉＝思考の対照をおもう。

敗戦によって中国からの引き揚げ者となった水野少年は、渡辺順三の「人民短歌」などを拠り所として短歌活動を開始、以降、民衆とともに歌う姿勢を崩さない。社会思想的内容とともに、ときにユーモアを生み、哀歓を包み込む歌柄はあたたかい。胸襟の広さが魅力的だ。

掲出の歌は、「端的率直」から「婉曲曖昧」さらに「隠蔽」へ移り変わってゆく言葉の変化をとらえたもの。言い替えられて見えなくなるものがある。一読、あまりの率直さが可笑しいが、見つめていると妙に悲しくなる歌だ。言い替えに、敗戦国日本の戦後が重なって感じられるからだろう。しかし、水野の歌は、冬晴れの空のように、端的、率直、明快。読者に凭れかかる重苦しさがなく、一首が一首だけですっきりと立っている。

「美しい若狭の海」の看板の向こうの岬の影にあるもの

少年の感情とあまり差もなくてとまどうしばしパン選ぶとき

まちがえし切符を瞬時に見分けたる機械が人の下腹を打つ

2017/03/23

靴音となり人のゆく地下道の靴音の群へわれも降りゆく

山本かね子『風響り』（一九七二年・新星書房）

通勤の帰りだろうか、日々の暮らしの中を通過して行く見知らぬ人々がいる。顔見知りではないけれども「靴音の群」に、作者は緩やかな親しみを覚えているようだ。人がそれぞれ、顔をもつ個人から輪郭となって、街の雑踏にまぎれてゆくときの感じ。ドラマがあるのではないが、地下道にひびく道行く人の靴音を聞いている作者の感受が、そこに人の暮らしを思わせる。「人が靴音を響かせる」のではなくて、「人が靴音になってゆく」という着想が魅力的。

群を離れ「われ」の主体性を際立てるというのが、近代日本が推進しようとした一つの方向だとすると、山本かね子は、すこし違う方向を向いている。「群へわれも降りゆく」にそれが読みとれる。気を張って顕示し続ける自己ではなく、群の人とともにあろうとする。結句「われも」の「も」が、地下道の雑踏の見知らぬ人同士ながらも何がしかの繋がりを感じさせる。一九七〇年代という時代の気分でもある。

誰が願ひ聴きたる耳か秋の陽に色あたたかし野の仏たち
にびいろの音に土鈴鳴りまどろむとしてはいくたび呼び戻さるる
砂時計の砂つぶやくを聴きとめし耳に冷たきてのひらを当つ

出征した兵士たちが婚姻相手世代だった山本は、生涯独身を通した。『風響り』には、生まなかった子の歌が繰り返し歌われる、生むはずだった「子」への思いが、声や音に耳を傾けさせたのだろうか。大正十五年生まれ、わたしの母世代である。

2017/03/25

浅草の地下に溜れる浮浪児を父の肩より見しを忘れず

久保田登『雪のこゑ』（一九八二年・短歌新聞社）

一つの時代の気分が、同時代に生きる者と、後代間接的に知る者とで異なるのは言うをまたないが、後代の者も、短歌として残る言葉によって、その時代を生きた人間の、心の揺れ動きをリアルに思い描くことはできる。その意味で、短歌は貴重な時代の記録であるといえよう。

上野や浅草の「浮浪児」は、今でも敗戦国日本の象徴のように語られる。映像も残っている。今日の若い世代に、時代がもっていた殺気や恐怖や不安や臭気は、どのようにイメージされるのだろうかと、先日、浅草・上野を歩いたときに思った。かつての猥雑は影をひそめていた。

久保田登は「父の肩より見し」という視点をもつ世代。この「父」は、シベリア抑留ののち帰還した。久保田は、大学卒業ののち東京西多摩の小学校の教員となった。東京とはいっても、当時の西多摩は村社会の慣習が色濃く残る山の中である。『雪のこゑ』はそこでの勤務期間の歌。負うべきものを負いつつ、悩み思考し抒情した。因みに、作者の、のちの転任先は、かつて若き三ヶ島葭子が赴任した小学校であった。

家ぢゆうの灯りをつけて待つわれに霧の中より妻の現はる
捕虜たりし父を恋ひつつ聞きし音いま吾子ときく柿落つる音

このように温かく家族を歌うと同時に、情に流れない自他への冷徹な眼差しがある。時代によって培われた陰翳が深い。

夜の駅を通過するとき機関車に牽かれゆく貨車従順ならず
ただひとつ山へ向はぬ路のありひかりて夜の基地へつづけり

2017/03/28

今宵、月にシルバーベッドの影が見え老いたる鶴がひとりづつ臥す

日高堯子『振り向く人』（二〇一四年・砂子屋書房）

もう長く言われ続けていることだが、高齢化がすすむにつれて介護現場の困難はますます深刻になるばかりである。一口に高齢化といっても、三十年前の高齢化と今では、高齢の中身が全く違う。介護保険など制度整備ができてゆくかと思われたのも一時のことで、施策が、どんどん現実に追い越されてゆくようで、これから高齢の一人となるわたしたちは、考えれば考えるほど不安になる。

日高堯子は、老父母の介護にあたり『振り向く人』の歌をつくった。しかし、介護という言葉からイメージされる苦しさ辛さを吐露するのではなく、やがては誰にでも来る「老」を、身近なところで見つめている。あまり凄惨な気持ちにならずに読めるのは、意識的に対象（ここでは老父母）との間に、ある距離を置いているからであろう。その距離が作歌意識、あるいは創作意識なのであ

る。作品化といってもよいし、物語化といってもよい。たっぷりとした文体にとらえられた対象の輪郭が鮮やか。

夜間の病院だろう、月光に「シルバーベッドの影」が浮き立ち、鶴のように痩せて衰えた老人が並んで横たわっている。それぞれ孤立した「鶴」は、冷たく寡黙で寂しく、また、ひっそりと静かに生を終えようとして清らかだ。それをとらえる複雑な眼差しも想像される。

またきてね　またきてねと消えぎえの発光虫となりし母かも
大地震の過ぎし草地にどこよりか落ちて来た斑の卵がひとつ
ひだまりのたんぽぽのやうに人に笑む母の九十《くじふ》歳の新しき顔

2017/03/30

ちる花はかずかぎりなしことごとく光をひきて谷にゆくかも

上田三四二『湧井』（一九七五年・角川書店）

『湧井』は、大病ののちにまとめられた上田三四二の第三歌集。奇跡的に回復した病後の自歌について作者は、「自然回帰的なもの」という。さらに「私自身としてはひそかに、この集に来て、わが歌に風姿ともいうべきものの副ったのではないかと感じ」たと記す（『湧井』あとがき）。

この歌は、昭和四十四年の作。代表歌としてよくとりあげられる。「吉野山の山麓温泉ヶ谷に元湯なる鄙びたる一軒家あり。花にやや遅きころ、ゆきて留まること四日。」の説明が添えられた小題「花信」二十八首の中程にある。

さびしさに耐へつつわれの来しゆゑに満山明るきこの花ふぶき
あくがれは何にかよはんのぼりきて上千本の花の期《とき》にあふ

このような歌のあとに、引用の一首は現われる。花期の過ぎた麓から上千本にいたって作者は満山の花吹雪に出会った。一片一片の花がそれぞれ光を曳きながら谷へくだってゆくさまは、吉野という地の歴史を重ねればなお、この世のものとも思えないほどに美しく哀しい。命の愛しさと寂しさを同時に描き、命への愛惜やまない一冊である。

マンホールこえて歩めば暗きにて落ちあふ水のさびしき音す
死ぬことのこはしとこそは嘆きしかその亡きあとの部屋に日の差す

2017/04/01

さくらばな陽に泡立つを目守《まも》りゐるこの冥き遊星に人と生れて

山中智恵子『みずかありなむ』（一九六八年・無名鬼）

日に日に北上する桜前線のさまを天気図に重ねると、日本列島を俯瞰する図がおのずから脳裏に浮かびあがる。近年の宇宙開発にともなって地球外からの映像に慣れた目には、特別なことではないだろう。しかし、引用歌の、目前の景色からの発想「暗き遊星に人と生れて」は、そうした科学の力による知見とは似て非なるものである。

満開の桜を「泡立つ」ととらえる語感が際立っている。この一語が、桜花の様態や風情、動き、質感を見事にとらえ、作者の立つ位置や認識を読者に想像させる。下句では、想像を遥かな宇宙に跳ばし、いうなれば神の視点から人（＝われ）を思い描く。冥さの中に、泡立つ桜や人を置くことで、限りない広い空間と時間を歌が内包するのである。山中は、後の歌集『玲瓏之記』では、次のように落花を歌っている。

しらじらと夜半に散り過ぐらうたかたの桜の花は骨の音する

こちらは夜中の桜。「骨の音する」は、強烈なインパクトだ。覚醒しながら、しかも直覚的につかみとられた言葉によって此の世の美と酷薄が提示される。

2017/04/04

雲よむかし初めてここの野に立ちて草刈りし人にかくも照りしか

窪田空穂『まひる野』（一九〇五年・鹿鳴館）

花のなかで桜や辛夷がとくに注目されるのは、そのむかし、桜や辛夷の開花時期によって農耕のすすみ具合を推し測っていたからである。今に残るさまざまな風俗習慣、また風土に残る伝承には、伝承それ自体に記憶され継がれてゆく何かがある。

都市住民の日常からは遠くなってしまったが、桜の季節が過ぎると農耕にたずさわる人々は忙しい。今の季節、田畑には作付けにそなえる黒々とした土の静まりがある。先日、花見をかねて近くの荒川の土手まで散歩したら、田んぼではもう土起こしが始まっていた。両側に田畑の広がる道を歩きながら空穂のこの歌を思った。

窪田空穂は信州松本の農家に生れた。東京に出て学業を積み文筆活動にたずさわった。国文学研究者であり歌人であり文藝批評家。しかし、空穂は生涯、「百姓の子」としての矜持をもち、篤農家の父を尊敬しつづけた。〈志あたらしかれと教えつつおのれ畑打ち父はおはしき『濁れる川』〉とも歌っている。

引用歌は、「雲よ」と呼びかけ、以下は胸中に動く思いである。自身も祖先たちが培い育んできた風土に、生きて繋がっているのだという誇りが感じられる。

『まひる野』は、空穂が自然主義を通過する前の、浪漫的な香りを濃くたたえた第一歌集である。この、「あたらしかれ」を保ちつつ継承するという思想は、以後の短歌活動において重んじられた。

2017/04/06

地下デパートのゆき止まりに鸚鵡みじろがず人寄ればわづかに目開けまた閉づ

蒔田さくら子『森見ゆる窓』（一九六五年・短歌新聞社）

破調の歌である。破調を上手くつかうのは難しい。ただの散文になってしまうからである。蒔田は短歌定型を重視する作者だと思ってきたので注目した。「地下デパートの／ゆき止まりに鸚鵡／みじろがず／人寄ればわづかに／目開けまた閉づ」というように読むと七・九・五・九・七で、第三句と結句が定型にしたがう。破調は、短歌定型にしたがおうとする心性にとっては突起物のようなものだから、抵抗を引きおこす。そこに破調の意味がある。

この歌は、破調のために、不本意な場所に身をさらす鸚鵡の無念をくっきりと浮かび上がらせる。リズミカルにできていれば読み過ごしてしまうかもしれない。さらにこの歌は、短歌として読んで違和感がない。作者の中に短歌定型が根付いているからだろう。誰でもがこうなるというものではない。

歌われたのは、東京オリンピックから大阪万博へと向かう時代、都市化の進む昭和の東京が背景にひろがる。「目を開けまた閉づ」の詰屈とした思いは都市に潜む人間の思いであろう。

花舗に日除け深くおり居ていたはられ暑に耐ふる花が重き香を吐く
血の滲む白衣も肉屋が着て居れば汚点のごとくにて誰もとがめぬ

都市の片隅には、深い闇が大きな口をあけている。

2017/04/08

妻病みて七年たちぬ非日常が日常となるまでの歳月

桑原正紀『花西行』（二〇一六年・現代短歌社）

「人間を信じて未来を祝福したいという思いと、人間の未来に対するペシミスティックな気分とが葛藤しています」（「あとがき」）と記す作者は、長く教育にたずさわり定年を迎えた。教育者の「葛藤」は、背景に混迷を深める時代状況を思えば根の深いものである。

引用歌の「妻」は、脳動脈瘤破裂で一命をとりとめたが、その後、入院生活が続いている。やはり教育の職にあって激務をこなしていた最中のことだった。以来、重篤の妻を歌い、車椅子の妻を歌い、一人の日常を歌い、命のきらめきを歌っている。看病は、すでに十年を越した。生きる者たちへの慈しみと、世界情勢下での不安。両者が複雑に絡み合う胸の内が、静謐な言葉で綴られ、ときに自己客観の目がユーモアを生む。

現実には境界線のあるはずもない「日常」「非日常」という抽象概念であるが、わたしたちは日頃、そこに何かはっきりとした区切りがあるかのように感じている。現在を生きるための方便かもしれない。それが、「妻の病」によって逆転した。かつて自身が生きていた「日常」を「非日常」から見る視線が、些事に新しい意味を発見させる。

とむらひは儀式にあらず温石《をんじやく》のごと亡き人を胸に抱くこと
乳母車と擦れ違ふとき幼な子が車椅子の妻をじつと見つめる
亡き人をおもふは辛しされど亡き猫をおもふはたのし何ゆゑ

2017/04/11

〈石炭をば早や積み果て〉て近代の暗礁に乗り上げたる船は

寺尾登志子『奥津磐座』（二〇一六年・ながらみ書房）

集中、この歌は「超ウランなる重たさの逢魔が刻ほとぼり冷めぬ廃炉のほとり」と「なまぬるき沼に気配を潜めたる鯉が水面にあぎとふ夜を」の間にある。主題は3・11の原発事故である。〈〉内が森鷗外『舞姫』冒頭のフレーズであることが注されている。フレーズの引用によって原発事故は、明治開国以来の西洋近代科学移植に邁進した日本の歴史的時間の流れの中におかれる。石炭、船、森鷗外という名詞によって、「近代」が実体をもった。歴史に潜む障碍を暗示して怖い。

寺尾は、この歌集の期間に還暦を迎え、三人の孫を得たという。「ドイツへ出向く夫に同行した折の歌」（「あとがき」）がある。引用歌の背景にそうした体験の過程で培った知見がある。歌柄がどっしりと骨太である。

達者かと問ひくるる父母あらぬ世の隙間埋めてコスモスの花
青ぶだう黒ぶだうよき声を持ち歌ふならずや水くぐるとき
ふと肌が空と触れたり三輪山は山中智恵子の歌の奥津城

読み終えて、何ものにも媚びず揺るぎない姿勢を感じた。

2017/04/13

朝に飲むコップの水のうまきこと今飲むごとく話す父はも

内藤　明『虚空の橋』（二〇一五年・短歌研究社）

一般に家族は、得難い無償の情愛を育む場という面が強調されがちである。その通りではある。しかし、だからこそ、実際の家族間の感情は一通りではなく、他人であればやり過ごしてしまうような瑕瑾が許せなかったり、原因不明の感情の迷路に入り込んで抜け出せなかったりで、葛藤を引き起こすことも多い。

『虚空の橋』は、如何なる事情からか「東京の郊外に住む両親とは何十年も深いかかわりなく過ごしてきた」（「あとがき」）作者が、相次いで両親を亡くした期間を、時間軸にそって編集したものである。日々のつぶやきが時間の流れをつくっている。傍目には何ということもない日々を歌っているように見えながら、読み進むにつれて、思いが重なって濃くなり、生の重さを感じさせる。引用歌はそうした中の一首。作者みずから「私小説風の小さな物語」といっているように、両親の他界を契機とした、蟠りの溶解を、一冊の主題としている。ふと、志賀直哉の『暗夜行路』を思い出した。

この歌は、老父が息子に、無邪気に水の味を説明している姿を彷彿とさせる。何の隔たりもなく心の裡を話して聞かせる父を、聞き手である息子もそのまま受容している。「水の味」が、実にいい。透明感があり日常的で温かく、また哀しい。父子の心情に通うようだ。

灯の下に開きて覗く紙袋何もなければ息を吐き込む

低く釣るこの梵鐘はゆふぐれに地を震はせて鳴りいづるとふ

〈喪失の後に現われる心〉の大切さを思った。

2017/04/15

空白について考えようとしてその人が立つ窓辺を思う

土岐友浩『Bootleg』（二〇一五年・書肆侃侃房）

「〜について考える」というとき、たいてい「〜」には、イメージし易い物や事がはいる。猫について考えるとか、宇宙について考えるとか。考えるときは、見知った猫の顔を思い浮かべたり、衛星画像にうつる星々を思い描いたりする。

「空白について考える」という初句を見て、ちょっと立ち止まった。ふつうの「〜」と違う。しかも「空白を思い浮かべる」でなく、「空白について考える」。高踏的思索的で、哲学している感じだ。それでも、「空白について考える」ときは、まず心に空白を思い描くらしい。するとそこに「その人」が現れるという。「その人」はたぶん、いつでも無意識層に潜んでいて、機会があると意識の中に現れるのだろう。言われてみれば、人が人を思う初めはこんなふうだなあと合点した。この歌は、従来の分類によれば相聞歌だが、「考える」と「思う」、無意識と意識の間をうまく言い当てて、とても新しい。

夕暮れがもうすぐ終わる対岸に雪柳ふっくらとかがやく
踊り場の広い窓からふりそそぐひかりは水を飲み込んだよう
自転車はさびしい場所に停められるたとえばテトラポッドの陰に

『Bootleg』を読んでいると、風景が、心の中にやわらかく自ずからな感触で広がっているのに気づく。それは作者が用意した素材による景色ではあるが、この場合、素材は契機にすぎないだろう。読者は、読者自身の心に潜むイメージを呼び起こしながら歌の言葉を広げ、歌の中に空間を感じるのであろう。主眼は、雪柳や踊り場や自転車ではなく、空間にある。

「空白について考える」は、人間の心理について、作歌について、世界について考えることなのだ。

2017/04/18

浦の名をうなゐに問へば知らざりき少女に問へば羞ぢて答へぬ

服部躬治『迦具土』（一九〇一年・白鳩社）

「房州百首」として収録された一連の三首目、旅の歌である。海岸を歩いていると、土地の女の子に出会い、ここは何という名前の浦かと尋ねた。「うなゐ」すなわち幼い女の子は、知識を持たないのか質問を解さないのか、知らないといい、すこし年長の「少女」ははずかしそうな表情を見せたという。明治三十三年の作歌。ラジオもテレビもなかった時代、余所人もめったに来ない鄙びた土地でのことである。子どもたちは答える術を持たなかったのかもしれないが、素朴な「うなゐ」と、はにかみを知った「少女」の表情の対比が鮮やかだ。旅人ならではの視線がはたらいている。

作者は、地図を片手に地名を辿る、というようなことをしない。次の歌で「たどりゆく浦おもしろみ浦の名をわれ試みに附けむと思ひつ」となる。風景に似合う地名を自分でつけてみようじゃないかと思い立つのである。何とものんびりと楽しそうな旅である。

長閑なのは情景だけではない。近代の短歌が、時代に即応する詩歌として旧派が新派に移行してゆく過程で、いまだ旧派の気分や文体を宿しつつ、ほんのりとした感触をもっている。

少女子の手よりのがれて転びゆく鞠のゆくへを逐ふ小犬かな
芝原にはつはつ萌えし若草を踏まじふまじと子らのありける
雪ふみて紙屑拾ふ幼子の家をし問へば家は無しといふ

このような歌もあって、子どもをとらえる視線が印象的。服部躬治は福島に生れ、上京して「あさ香社」に入り、尾上柴舟・久保猪之吉らと「いかづち会」を創設し、新しい時代の歌を目ざした。

2017/04/20

衰ふるわが眼のために咲きそむるミモザの黄なる大き花房

篠　弘『日日炎炎』（二〇一四年・砂子屋書房）

春は黄色い花から咲きだすと、知人が言っていた。言われてみれば、連翹、水仙それにミモザ。くすんだ色の街角があたり一面パアーッと明るくなり、いよいよ春だと、華やいだ気分になる。表通りから少し入った遊歩道に、一本のミモザの木があり、毎年、春先に、いちはやく黄色い花をつける。残念ながら今年は満開を見逃してしまった。今日、その前を通ると、もう新しい細かいぎざぎざの新芽が出ていた。ミモザはギンヨウアカシアともいい、マメ科の常緑高木。三月の頃、細かい黄色の花をつける。満開になると、樹木全体が黄色の花に覆われる。『日日炎炎』の作者の庭にはミモザの木があるらしく、何首かでてくるが、わたしはこの歌がとても好きだ。

作者は、ミモザの花にみずみずしい明るさを見ている。「大き花房」の黄を「衰ふるわが眼のため」という。自身を鼓舞する気持ちがうかがえる。また「衰え」ゆえに発見した至福の時間を、ゆっくりと味わうようでもある。ミモザがこの世の賜物のようだ。

驟雨ふるはじめに埃のにほひして古書店街は洗はれゆけり
帰りゆく人らにまじり高架路のうへに揚がらむ花火を待てり
このわれがまだ挑みうる思ひもて槍投げをする角度を聴けり

高齢化社会と言われて久しく、高齢者が珍しくなくなったが、老いの体力気力の衰えは身に染みるところだろう。しかし、若く活力に満ちていたときには気付かなかった豊かな経験もある。「衰え」を豊かにするかどうかは、生き方次第ということだ。

2017/04/22

つけ捨てし野火の烟のあかあかと見えゆく頃ぞ山は悲しき

尾上柴舟『日記の端より』（一九一三年・辰文館）

『日記の端より』の巻頭歌である。尾上柴舟の代表歌の一つとされる。「明星」の歌風に対して、金子薫園らと叙景詩運動をおこした柴舟は、初期の浪漫主義をへて、自然主義の影響のもとに、広々とした自然を伸びやかに歌い、外気の中に思索を深めた。

野焼きの火が、夜になって赤く見える。暗い遠景に火の赤さをとらえている。「見えゆく頃ぞ」が、日暮れまで移ろう時間の変化を思わせる。三句「あかあかと」の調子が張っており、四句で切れ、結句の心にしみじみとしみる情感で終息する。流れに変化があり、言葉つづきが美しく、感受が柔らかい。野焼きの風景は、今日あまり見ないが、ふと立ち寄った旅の途上、このように心にしみる風景を眺めることはある。叙景は、心を叙することでもある。

日を経たる林檎の如き柔らかさ今日の心のこの柔らかさ
雪消えぬところどころに黒き土忘れられたる人の顔しつ
摘みさして帰りにし実の十ばかり蜜柑畑に暮れ残りたる

近代短歌史に、落合直文、尾上柴舟、若山牧水、前田夕暮と続く系譜がある。『日記の端より』刊行の翌年、「水甕」を創刊した柴舟は、「短歌滅私亡論」（一九一〇年・「創作」）によってもよく知られている。短歌が、西洋文化の移植によって変動して行く時代の詩歌として、相応しいものかどうかと問うたのだった。

2017/04/25

老いさびし犬の散歩に小太りの猫の薄目や　法案通る

小高　賢『秋の茱萸坂』（二〇一四年・砂子屋書房）

小高賢がいなくなって三年が経つ。ずいぶん前のことにも思えるが、短歌の会合のどこかでいまだ論戦をはっているような気がしてならない。編集者らしい広い視野と、下町育ちの歯切れよく真直ぐな弁舌と、その世代が共有する思想は、今更ながらに得難いものだった。

晩年の小高は、時代の現実と本気で闘おうとしていたと思う。日本の近代の蓄積を知っているゆえに見える時代の動きに向き合っていた。今日の息苦しい表現の昏迷が、切実なものとして身近によく見えていたのだと思われる。

「歌よみが幇間のごとく成る場合」ときに甦《かえ》ればかるく噛みしむ

「歌よみが幇間のごとく成る場合」は、土屋文明の歌。近藤芳美がそれを継いだ。小高は、そのような精神の継承を折に触れて反芻する。今ではあまり口にすることもなくなった表現の良心というものだ。掲出歌に登場する犬や猫は、精神の緊張を失った日本人の姿だろう。やすやすと通ったであろう法案が、何とも不気味である。

貧からの脱出という戦後論「貫く棒のごときもの」なり
沖縄に原発なきはアメリカの基地のあるゆえ……みな知っている

2017/04/27

寂しさの根源として縁側の日なたに出でて正座する人

大島史洋『ふくろう』（二〇一五年・短歌研究社）

斎藤茂吉に「『さびし』の伝統」というエッセイがある。いかにも茂吉らしく、各時代の用例を示し、万葉集から近代短歌までの「さびし」の変遷を追っている。かんたんに言うと、万葉時代には「肉体的・人間的」だった「さびし」だが、新古今時代には「心的・抽象的・天然的」で、近代にいたっては双方の要素が含まれているというもの。「さびし」には時代の変遷があるが、「人間本来のある切実な心の状態をあらはす」と説明される。人間存在の「寂しさ」と、言葉による変遷の「寂しさ」の両面を見ている。

『斎藤茂吉の百首』（大島史洋）で大島は、茂吉の〈放《はふ》り投げし風呂敷包ひろひ持ち抱《いだ》きてゐたりさびしくてならぬ〉（『あらたま』）について、「短歌はこんななんでもない行為を表現するだけでも、それが深い寂しさに裏打ちされることによって大きな力を発揮する」と言っている。「深い寂しさに裏打ちされる」というフレーズは、大島自身の短歌観を見るようである。味わうべき評語。

引用歌は、日の当たる縁側のようにカジュアルな場所でも姿勢を崩さない生真面目に、人間存在の寂しさを見ている。作者は、茂吉の「さびし」の変遷をかみしめているようにもみえる。歌中の「寂しさ」は、「人間的」であると同時に「抽象的」に感じられ、具体的な「人」を歌いながら、それが作者自身の「寂しさ」に感じられる。

四、五冊の本を読み次ぐ日々にして読む楽しみは書くに優るも
さびしさがさびしさを消す蟬声のいつの日ならむ吾に降るとき
年老いておのれの世界にこもりつつ激しく水面を打つ尾鰭

読んだあとに、深々とした感慨が残る。

2017/04/29

戦争を知らぬ世代が老いてゆく不安なタンポポ空ばかり見て

石井雅子『鏡の中の更衣室』（二〇一五年・出町柳編集室）

野原はいちめんタンポポの花盛りである。何処にでも咲く平凡な花ながら、タンポポは根強い人気がある。明るくて強くて健気に感じられる。しかし、この歌のタンポポは違う。不安なのである。ちょっと意表を突かれる。

上句と重ねて見ると、タンポポは、戦争を知らぬ世代の老いの暗喩と読める。軟弱を揶揄するように「戦争を知らない世代」と言われたとしても、七十年続いた平和を考えれば、それは目出度いことであるはずなのに、今や老人となった世代は「空ばかり見て」空虚である。右肩上がりの日本経済に煽られながら激しい競争に人生の大半を過ごしてきた世代の「不安」である。

オリベッティ・タイプライター打つやうに玉蜀黍を端から食べる

タンポポの暗喩をみてもわかるが、作者はイメージを膨らませるのが上手く、ひらめくアイデアを掬いとり鮮やかに画像を作り出す。くっきりとしたイメージが印象に残る。「戦争を知らない世代」は、タイプライターの感触を知っている世代でもある。

国道の歩道橋に登るより死ぬはうが楽と老い父は言ひき
廂から垂れ下がりたる女郎蜘蛛逆さまのままで年を越したり

このようなシニカルな着想もある。

2017/05/02

そうですか　怒鳴り続ける声があり頷きながら思う白鷺

佐藤涼子『Midnight Sun』（二〇一六年・書肆侃侃房）

強い外圧に晒された自分が、心の中に「白鷺」を思っているという。この「白鷺」は何だろうか。『Midnight Sun』には他にも、次のような「うなずく」歌がある。

舗装路の菫を健気と言う人に「そうなんですか」と二回頷く
健康で長生きしたいですよねと聞かれて頷く　そうでもないが
「二十年ぶりに会ったら父親が呆けていたんだ」そう、と肯く流通している鮮度の落ちたジョーシキに同調を求められる。底の浅い人情の押しつけは、ときに暴力的で、とりあえず頷いておくしかない。反論するほどでもない外圧を遣り過ごしながら、心に異を唱えている。

掲出の歌の心象は抽象化された「白鷺」。白い細身の立ち姿、俯いて沼地で餌を漁るときの緊迫した静謐、翼をひろげた滑らかな飛翔などがイメージされる。優雅で美しく、孤高を保っているかのようである。「白鷺」は、「怒鳴り続ける声」の圧力と対峙している。「白鷺」は、自分かもしれず、救いかもしれないが、いずれにしてもジョーシキの対極にいる。自身の中に「白鷺」を作り出す力が魅力的だ。

「このへんでうちだけ遺体が上がるのが早くて何だか申し訳ない」
臭いがきつい　消防法上一つしか香炉が置けない遺体安置所
海岸で遺体の財布を抜いていた奴らも黙禱していたりして

これは東日本大震災。作者は仙台に住む。マスメディアに載らなかった、というよりメディアに除外された被災地の現実が、迫力ある連作として記録的に構成されている。個人の経験を、社会の貴重な記録とした。自立した個人がいる。

2017/05/04

白つつじゆたかに昼の日は射して蝶、蝶を追ひ人、人と行く

高野公彦『無縫の海　短歌日記2015』（二〇一六年・ふらんす堂）

『無縫の海』は、歌人が一年間、一日一首作歌するシリーズの一冊。書店のHP掲載作品が一冊になった。あらためて通読してみると、HP上とは違う作品の表情がある。作者が折々に作った一首一首が、時間の流れとなって新しい表情を付与されるのである。自分のアルバムと重ねながらカレンダーを繰るように読み進むのも楽しい。

引用の歌は五月八日の一首。「もつれ合う雌雄の蝶、そして男女手をたずさえて歩くヒト。動物界はそれぞれの『性』で織り合わされている」という詞書がついている。うだるような暑さというにはまだ間があるが、急に日差しが強くなる五月、野にも町にも花が咲き満ちる。では桜をどう歌ったのか、気になって繰ってみると、四月二日に〈川べりに桜ひともと咲き満ちて一糸まとはぬ命のかがやき〉とある。こちらは桜と少し距離を保つ。

対して「白つつじ」は迫力がある。とくに四句の、句跨りを誘う息遣いに、蝶と人がともに動物として捉えられる。生殖の観点から美しく性を歌うのは難しいが、この歌には生命の躍動がある。

自衛隊を軍に変へゆく男あり蟬ら地中に潜める五月
歌の評聞けば評者の実力と人格までも分かる（気がする）
いわし雲広がる秋も原子炉の底に妖怪デブリ棲み継ぐ

一首独立のためだろう、題材が多岐にわたり、作者の機知や博学ぶりがよくわかる。

2017/05/06

呼ぶ声の水にひびかひ草むらにもう一人ゐて少年のころ

大西民子『印度の果実』（一九八六年・短歌新聞社）

水辺の風景を歌ってのびやかで柔らかく温かい。川原だろうか、誰かを呼ぶ少年の高い声が聞こえてきた。水に響き合うかのように、澄んでまっすぐな声である。と思うと、それに応ずる声が草むらの中から聞こえたというのである。思いもかけないところから聞こえた「もう一人」に驚くと同時に、声によって存在が確かめられている。声が強く印象にのこる。歌一首がそのように作られているからである。

少年を、作者は終始、声として描いている。視覚的な形や色や大きさではなく、声という聴覚で描く。少年は声によって呼びかけ、声によって応え、声によって存在を確かめ合っている。風景が、どこまでも広がってゆくように感じられるのはそのためだ。大西民子の歌は、初期のドラマチックな物語、その後の、係累をうしなった孤独などに注目されがちだが、大西が歌人としてもっとも大きな力を注いだ世界は、繊細でするどい感覚と冷静な理性による、このような方法上の独自な達成にあると、わたしは思う。『印度の果実』は、第八歌集。他に次のような歌を収録する。

仏像の耳は重しと仰ぎゐて次第にわれの耳の垂りくる
卓上の駱駝のランプ人の来て背中に赤き灯をともしたり
色の無き葡萄摘みゐる夢なりき色無き房は手に重かりき

2017/05/09

すべからく落つるべき子が落ちしかな大田区池上むかしの肥溜め

島田修三『帰去来の声』（二〇一三年・砂子屋書房）

「肥溜め」などと言ってイメージが浮かぶのは、どの世代までだろうか。どのように説明するものかウィキペディアを見ると「伝統的な農業設備の一種。農家その他で出た屎尿を貯蔵し、下肥（しもごえ）という堆肥にするための穴または、大きめの水瓶」とあり、これではなかなか伝わらないだろうと思う。「大田区池上」も、今は東京の住宅街だが昭和三〇年代の東京郊外は、まだ農地が多く、したがって畑の隅に掘った穴に人糞を溜めておき肥料としていた。ときどき粗忽な子供や今でいう認知症の老人が落ちた。東京郊外で、同じような環境に育った同世代のわたしにとっては、何とも懐かしい光景である。並んで〈衛生を尊ぶ善き子でありしかば山下公園におでん喰わずき〉とあるがこれも懐かしい。今日の感覚からみれば、子どもにとっても大人にとっても、生活は危険に満ちており、汚く不衛生であった。

『帰去来の声』には、夥しい数の固有名詞が出てくる。作者の知識の広さを思わせる。あまりに個人的で調べようのないものもあるが、解からなくても、一首の中で強く機能しており、太い柱をデンと打ち込むような揺るぎなさを生んでいる。手業の冴えるところだ。

いっぽうに強靱な手業があり、いっぽうに昭和の時間への深い郷愁がある。そうした同時代人として、「すべからく落つるべき子」は歌われている。だから、島田のとらえる出来の悪い人間たちは愛すべき人々である。

或るときは「ビローン」と言ひて霜焼けの昭和児童を欣喜せしめたり
藪から棒に哄笑しながら現るる「月光仮面」を不審とせざりき
これの世を小沢昭一もおのづから去りていよいよ歳晩である

ああ、そうだ、そういう隣人がいたなあと、同時代人への愛しさを思い出す。

2017/05/11

わが脚が一本草むらに千切れてゐるなど嫌だと思ひつつ線路を歩く

石牟礼道子『海と空のあいだに』(一九八九年・葦書房)

水俣病を描いた『苦海浄土』の著者石牟礼道子の出発点に短歌があったことを、わたしは最近まで知らなかった。歌集『海と空のあいだに』には昭和十九年から昭和四十年までの短歌が収録されている。以後、短歌から遠ざかったというが、歌集末尾の「あらあら覚え」には、心理的苦闘の表現として熱心に取り組んだ様子が綴られている。

引用歌は、作者の二十歳前の作品。死を考えながら線路を歩いている。上句の強烈な死のイメージとは逆に、生きることへの本能的な思いがひりひりと感じられる。青年期特有の不安定もあるが、死の臭いが社会の局所に浸み込んでいる時代であったのだろう。きっぱりとした意志の表明が、読む者の胸に食い込んでくる。

石牟礼は「歌というものは、生きる孤独に根ざしている」(「あらあら覚え」)という。人間の深い孤独にじっくりと向き合うこと。それがあって、思想や社会の問題に渾身で取り組むことができたのだろう。

白き髪結えてやれば祖母《おほはは》の狂ひやさしくなりて笑みます
人間のゐない所へ飛んでゆきさうな不安にじつと対きあつてゐる
さすらひて死ぬるもわれも生ぐさき息ながくひく春のひた土

歌には当時の歌壇の影響が濃く、抽象性の高いものが多い。この世で生きる人間の暗闇を生々しく感じさせる。

2017/05/13

自動エレベーターのボタン押す手がふと迷ふ真実ゆきたき階などあらず

富小路禎子『白暁』（一九七〇年・新星書房）

ビルの高層化がすすむにつれてエレベーターは、ますます生活に欠かせない移動装置となっている。空中に吊り下がっている箱だから、乗ってしまえば何処かで降りなければならず、降りる階のボタンを選択しなければならない。

自動化はエレベーターだけでなく、わたしたちは、意識を自動化することで日々を保っているともいえる。「ボタン」にいちいち立ち止まっていては、日常生活は円滑に進まない。それでも、ふだん無意識にしている選択をあらためて自問するときが、わたしたちにはあるものだ。

引用歌は、下句の「真実ゆきたき階」と、ちょっと大きく言って「エレベーター」を暗喩として働かせている。日々の暮らしに、自己を満足させる必然性を見出せずにいるのだ。

『白暁』が刊行された一九七〇年は、大阪で万国博覧会が催され、三島由紀夫が割腹した年である。経済成長の大きな波の中で、戦争の記憶の風化が叫ばれていた。日本の敗戦によって一切を失った旧華族富小路禎子の意識は、戦後の男女平等や民主主義を讃えながらも、つねに醒めており、身を熱狂や群れから離れたところに置いた。だから「手がふと迷ふ」。社会の表層、つまり熱狂や大勢に目を奪われていては気づかない、戦後の一面である。

つるされてかく宙にゐる吾のさまぶらんこの上なれば誰も嗤《わら》はず
白き砂漠の中に建てたき父母の墓長き家系の末に苦しむ
ガラス戸の向うに月光の街が見ゆ窓開けば何もないかもしれぬ

自己存在の空虚を歌う。これは、富小路ひとりの空虚ではなかった。

2017/05/16

なかぞらのすきまに見えて赤き實の三つ野鳥ののみどへ行けり

森岡貞香『珊瑚数珠』（一九七七年・石疊會）

小鳥がやってきて赤い実を三つ食べたと述べている。事柄はそれだけだが、読み終ったときに、異空間にふうっと迷い込んだような不思議な気持ちになる。三つの赤い実が行方不明になってしまったような。

わたしたちはこういう場面に遭遇するとふつう、小鳥の動きに焦点をあわせて語る。この歌はそうなっていない。作者が見ていた赤い三つの実を歌の中心に置く。前者からみれば、図と地の関係を逆転させて事柄を見ているということになる。歌は、赤い実の動きをカメラが追う。読者は、そのカメラの眼になって、通常とは異なった視線の在り方を知る。ああ、そういう風にも見えるんだなと、これまでの視線の鮮やかな転換に驚くのである。

その驚きを味わうには、「なかぞらのすきまに見えて赤き實の三つ」で息を切って読まなければならない。第四句が割れるので、抵抗を覚える人もいると思うが、句割れの抵抗感が、この歌では大事。「赤き實の三つ」が強く印象付けられる。

歩道橋ふたつわたりし身の揺れは衢《ちまた》のやみがたきなる音のなか
すすぎ終りしうつせみの髪絞れるはしろき水滴とびやまずけり

森岡貞香の文体には、さまざまな工夫がある。それがごく自然なものに感じられる。文体によって日常の歌世界への転換をはかっているといえよう。意味の伝達にばかり気をとられていると歌の良さは十全に味わえない。

2017/05/18

吉野にはあの世この世を縫ひあはす針目のやうな蝶の道あり

小黒世茂『舟はゆりかご』(二〇一六年・本阿弥書店)

『舟はゆりかご』の「あとがき」に次のような一節がある。「日本人の源流を探索する旅を続けてきた。いつも見馴れた物や道具のひとつひとつを入口に、背後にある遥かなるもの大きなものを覗いたとき、それを守ってきた風土や継承してきた人びとへの憧憬がいっそう深まっている」。つまり現在が、どのような地層的時間の上にできているのかを探るのである。述べられている「背後にある遥かなるもの大きなもの」というのは、「物や道具」を手がかりにしていることからもわかるように、単なる想像や夢ではない。裏付け(=痕跡)にもとづいて時間を掘りおこす。

吉野は、人が風土と関わった時間が、幾重にも折り重なっているような土地である。わたしは先ず吉野山の桜や西行法師を思い浮かべるが、奈良から熊野へつづく修験道や仏教の信仰の地でもあり、また中世の南朝に示されるように激しい政治の地でもあった。「背後にある遥かなるもの大きなもの」を覗くとは、そのような堆積した時間に、今生きている身が実感をもって触れるということだ。小黒の意識は、現代の表層的かつ記号的な言葉とは逆方向に向いている。しかし、木乃伊取りが木乃伊になってしまわないところに魅力がある。

引用歌の主題は、蝶に導かれて歩く道に、ふと現われる「あの世」と「この世」の交差点。それが実在するかのように思われるのは、吉野という地名によってであろう。多くの人々が見た「あの世」と「この世」の境界である。

燃ゆる木を山の地声と思ふまで煙のなかに眼《まなこ》をつむる
はつなつの車両に眠るわれを脱ぎ次の駅より蜻蛉《とんぼ》となりぬ
なかぞらに両手のばせば顔見えぬ嬰児がわれの親指にぎる

「あの世」と「この世」の往還を思う。

2017/05/20

片耳をそっとはなした電話から鎖のように声はこぼれる

原田彩加『黄色いボート』（二〇一六年・書肆侃侃房）

誰でも感じているに違いない、折々のちょっとした心の動きは、当たり前なことだからわざわざ言葉にしない。しないうちに大方は忘れてしまう。それを掬い上げて言葉にしてみせると、今度はどことなくワザトラシイ感じがするものだ。解かりやすく自然に言葉にするのは、案外に難しい。『黄色のボート』の歌は、「ちょっとした感じを」とても自然に掬い上げている。言われてみるとそんな感じがするなあ、というような感覚にあちらこちらで出会う。読みながら気分を預けやすい。

引用歌は、電話中に用事ができたのか（鍋の湯が沸いたとか）、電話の相手から心が離れたのか（押し売り電話かもしれない）、事情は説明されないが、まだ相手は話し続けているのである。「鎖のように」とイメージ化された声は何とも無機的だ。

比喩も面白いが、わたしは上句に注目した。作者にとってはそれが自然なのだろうが、従来はこういうとき、「われ」を中心に、「耳から電話をはなす」と描いたと思うのだ。そうでなく「耳を電話から離す」。そのために「われ」が、情景に埋め込まれて感じられる。

終電のドアに凭れて見ていればこのまま夜明けになりそうな空
帰ったら上着も脱がずうつ伏せで浜辺に打ち上げられた設定
観覧車の天辺に来たゴンドラの白い支柱がまっすぐになる

「われ」が風景の一部になっているかのようだ。

2017/05/23

亡き人を語りて書きてそののちにもつと本当のことを思ひ出す

米川千嘉子『吹雪の水族館』（二〇一五年・角川文化振興財団）

ある程度、人生の時間を経ると周囲に他界する人が増える。それは、徐々に増えるのではなく或る時どっと増えるような気がする。無自覚だったことが強く意識にあがる。残り時間への思いが濃くなるのかもしれない。

先人知人友人が亡くなると、生き残った者たちは、それぞれの立場から「亡き人」を総括する。「亡き人」が歌人であれば歌人論がそこから始まる。「亡き人」は「死」と同時に「史」のなかの人となる。掲出の歌に、歌人論とは書いてないが他の場合でも大きくは違わないだろう。
この歌の「語りて書きて」は、歌人論で言えば情報整理。まあ、この辺りはおさえておかなければならないという基本事項だろう。それとは別に「本当のこと」があり、情報整理を契機に、もう少し深いところに「本当のこと」は探り当てられる。必ずしも書かれる側の「亡き人」に、都合のよいこととはかぎらない。わたしはこの歌を、「本当のこと」の存在、また「本当のこと」の重さを受け止めようとしている一首と読んだ。軽々に言葉を発せず、思考をほりさげてゆく作者の顔が見える。

加茂水族館出でて吹雪へ帰りゆく人のからだは角度をもちて
神さま、とつぶやいたこと二度ありぬ　唇《くち》まで布団を持ちあげ思ふ
息子の電話短く切れて明るかりそののち幼き息子と話す

事象の奥に生を見ている作者がいる。

2017/05/25

親馬に添ひて野を来る仔馬見ゆ親はかなしきものにかもあらむ

松村英一『河社』（一九五二年・長谷川書房）

松村英一は昭和十二年七月に樺太に渡った。先ごろ刊行された『改訂版　松村英一全歌集』（二〇一六年・新星書房刊）の年譜によれば「滞在十日余、国境線に感激。岡田嘉子ら脱出の五ヶ月前のことであった。盧溝橋事件がこの間に起き、帰途、応召の青年達と一緒に連絡船に乗った」とある。旅の歌の多い作者らしく、本土とは異なる風土や習俗を多く読み留めた。次のような歌もある。

亡びゆく民族といふただ二人異なる習慣の中にありて生く
風葬《ふうさう》はギリヤーク族の儀式にて小さき柩松が枝に吊る
直線路のびてソ領にはるかなり大き秘密に対ふ心地す

掲出の歌は樺太という主題をちょっと離れて、しみじみとした親子の情を馬に託して歌っている。松村英一は、わたしたちが描く家族像からみれば、恵まれた環境だったとはいえない。十一歳で叔母の嫁ぎ先の商店に小僧奉公に出された。当時はけっして珍しいことではなかったが。

この歌は、十代になったばかりで他家へ入った作者が、旅先で出会った馬の親子を歌うことで、自らの心の裡を見つめているように思う。旅は、その地の風物に出合う喜びとともに、自らを見つめ直す契機でもある。尚、この歌を含む「樺太雑詠」については、松村正直評論集『樺太を訪れた歌人たち』（二〇一六年・ながらみ書房）で詳細に論じられている。

2017/05/27

空の奥へ空が続いてゆく深さ父となる日の土管に座る

奥田亡羊『男歌男』（二〇一七年・短歌研究社）

「あとがき」に「『男歌』には様々な意味があるが、つきつめれば信頼と肯定の歌なのだと思う。閉塞感の増す現代に、今なお『男歌』は可能なのか。結論は用意していない」とある。「男歌」を「信頼と肯定の歌」といい、それを実作で確かめていこうという点に注目したい。ただそうありたいと願うだけではなく、世界を引き受けているような強さがある。「信頼と肯定の歌」を読んでいると、読む側にも信頼感や肯定感が満ちて来て嬉しくなる。

掲出の一首は、子の誕生を歌ったものだが、時間的にも空間的にも、また思想的にも遥かなるものと繋がって「今ここ」が肯定されている。もちろんこれからはじまる時間も。父も、生まれてくる子も、世界に受けとめられているようだ。「土管」が実にいい。世界に生が肯定されている。地に埋まって用途を果たす実用品が、どっしりと重量をたたえている。

月光をはじきてハクビシンとなる一瞬を見き動く気配の

幹を打つ斧の湿りと打たれたる樹木の匂い風が吹いてた

八月の光る多摩川　子よこれがお前のわたる初めての川

「男歌」は「女歌」「たおやめぶり」に対立する短歌用語だが、『男歌男』を読んで、今こそ、勇壮で大きく直情的な詠風の意義はつよく主張されていいと思った。

2017/05/30

なにげなく摑んだ指に冷たくて手すりを夏の骨と思えり

服部真里子『行け広野へと』（二〇一四年・本阿弥書店）

各大学につぎつぎに学生短歌会が勢いよく創設され、時流として注目されたのはそう古いことではない。十年前くらいだろうか。そこから若い短歌作者がたくさん育った。学生短歌会出身者は論作ともに達者だという印象がある。服部真里子もその一人で、略歴をみると二〇〇六年に早稲田短歌会に入会している。

掲出歌の読ませどころは「骨」。大づかみで漠然とした季節の「夏」に、手の冷感が芯のようなものをもたらした。冷たいと感じた時に、「夏」が確かなものとなったのだ。一首には、「夏の骨」の着想に注目させるような用意がある。「なにげなく摑んだ指に」がそれである。短歌に新しい気分を呼び込もうと意欲的。

今年は気温の変化が激しくて、真夏のような気温に驚いたかと思うと、翌日にはまた厚手のジャケットを羽織ったりする。天気予報は、スーパー猛暑になるだろうといっている。暑い日はひんやりとした手すりが心地よい。皮膚で感じる温度変化に、わたしたちは、ふだん自覚する以上に、直接的な季節の変化を感じているのではないかと思う。この歌は、そういう季節の体感をねらう。。

前髪へ縦にはさみを入れるときはるかな針葉樹林の翳り
花降らす木犀の樹の下にいて来世は駅になれる気がする
はめ殺し窓のガラスの外側を夜は油のように過ぎるも

言葉のもつイメージを重ね合わせることで、読者の気分をどこまでも広げてゆく。

2017/06/01

垂直に振子ぞ垂れて動かざる時計ひとつありわが枕上《がみ》

葛原妙子『橙黄』（一九五〇年・女人短歌会）

日本で女性の国政参加が認められたのは一九四六年だった。以後、戦後に強くなったのは靴下と女などと揶揄されながらも、女性の各分野での活動は活気があふれていた。一九四九年に創刊された「女人短歌」も、そうした活動の一つとして注目されていい。もちろん、まだまだ根強く横たわっている男性優位の社会意識を梃子とした活動ではあったが。

葛原妙子は、女人短歌会創立に参加して感覚的なイメージの創造によって注目されたが、感覚的に享受されなければならない作品は、ときに難解派と呼ばれた。『橙黄』の「終りに」で、次のように記している。「現在の私は感覚を通さない詩と云ふものは餘り関心をもてないでゐる」「感覚のゆたけさは理念の成長と相まつてその作品に年齢を超えた潤ひをもたらすものである」。集中の次のような歌はよく知られている。

青きぶだう、黒きぶだうと重ね売る濁水に洗はれし町角にして
奔馬ひとつ冬のかすみの奥に消ゆわれのみが纍々と子をもてりけり
わがうたにわれの紋章いまだあらずたそがれのごとくかなしみきたる

今は家の中に音を響かす振子時計の存在感はほとんど忘れられてしまったが、掲出の歌は、寝床の頭の上に停まったままの振子時計があるというもの。「垂直」の直截性と静謐、「ぞ」の強調、枕上の視線の角度。停止した振子時計が象徴的意味をもって感じられる。感覚と一口にいっても、いろいろだが、どっしりと奥深い存在感をともなう。振子時計はなくなっても、作品は時を経て古くない。戦後に切り拓かれた新しい女性の歌である。

2017/06/03

手をたれて（いま手をたれて病むひとの手の数に慄然と）われあり

渡辺松男『きなげつの魚』（二〇一四年・KADOKAWA）

渡辺松男の歌は、地上に居ながら、いつも頭のなかに宇宙の広がりを宿しているようだ。広がりは、輪郭のないたましいのような「われ」の、深い「かなしみ」にみちている。身辺の事象を歌い

つつ、「かなしみ」は世俗的なそれでなく、形而上的で、読んでいると、生の不思議な感覚が身の内に呼び起される。

「手をたれて」と「われあり」のあいだに「いま手をたれて病むひとの手の数に慄然と」という挿入句が差しこまれる。括弧で挿入句を示し、「手をたれて」を繰り返し、短歌定型の力を高度につかいこなして爽快だ。「手をたれる」は、落胆、失望、傷心、脱力、消沈という心象の現れだろう。その行為が、同時代の同じ時間を生きる「病む人の手の数」を想起させる。この世は驚くべき数の落胆や失望にみちているのである。「我思う、ゆえに我あり」を下敷きにした存在への懐疑がある。

とんぼうはその身線分たることの悲を知りしのち空にするどし
幾山河花の承けたる足のうら靴下はかず焼かれたりけり
コップ一杯みづをのむときさみしさは青い地球をひとまはりする

巧みでありつつ、言葉が、生きる「かなしみ」の普遍に触れている。

2017/06/06

ほととぎす霧這ひ歩く大空のつづきの廊の冷たきに聞く

与謝野晶子『白桜集』（一九四二年・改造社）

『白桜集』は与謝野晶子の最後の歌集。遺歌集である。遺歌集は、他の歌集と違って作者の取捨選択がはたらかないのが一般だから、もし、作者が編集していたら洩れてしまったかもしれないと思う作品もある。しかし、そういう歌が悪いというのでもない。

この歌は、前回引用した渡辺松男の「手をたれて……」の歌と同じ構造をしていることに気づき、面白いと思った。「ほととぎす」を「聞く」という構文に、「霧這ひ歩く大空のつづきの廊の冷たきに」という句が挿入されている。読むときは、初句の後に、大きな休止を入れる。ほととぎすの鳴声を、霧のたちこめる空と一続きに感じられる廊下に立って聞いているのである。初句の後の空白の大きさが素晴らしい。

濁流が月見草ほど黄に曇り海の中にも信濃川ある
氷より穴釣りの魚をどり出で光りを放つ山の湖
夕ぐれが既に昨日も一昨日もせしごと海を先づ呑みて寄る

風景描写が印象に残る。風景の中に作者もいるような気がする。作者が風景に参加しているのである。『みだれ髪』の浪漫性で語られる晶子だが、大きな視野の中に的確にものを捉える眼力や高い美意識、晩年にいたっても自由で豊かな着想こそ、味わうべき資質と思われる。そういえばよく知られる『みだれ髪』の〈清水へ祇園をよぎる桜月夜こよひ逢ふ人みなうつくしき〉〈絵日傘をかなたの岸の草になげわたる小川よ春の水ぬるき〉などにも風景の大きな広がりがあった。

2017/06/08

ゆるきやらの群るるをみれば暗き世の百鬼夜行のあはれ滲める

馬場あき子『渾沌の鬱』（二〇一六年・砂子屋書房）

「ゆるきやら」は、町おこし、村おこしのイベントなどで使われる「ゆるいマスコットキャラクター」の簡略語。熊本の「くまモン」や彦根の「ひこにゃん」などがよく知られる。脱力感で心を和ませる、とぼけた味わいのキャラクターだ。同じような雰囲気を漂わせた着ぐるみが、地域振興をアピールしながらゾロゾロ歩いてゆく様を、作者は、中世の説話などに登場する「百鬼夜行」に重ねた。すると、明るく可愛く心の和むキャラクターの群が、暗くおぞましい世の中の「百鬼」に見えてくる。鬼や妖怪は、この世の表社会から排除され、またみずから離脱した者たちの謂いである。

「ゆるきゃら」に「百鬼夜行」が重なるのは、「今ここ」にある物事を、人間の歴史の中の一齣として見る発想があるからだ。時間的にも空間的にも、「今ここ」を大きな広がりの中で考えようという姿勢がある。それを社会意識といってもいいだろう。

　豆の種もちて帰化せし隠元の豆の子太り信濃花豆
　ほのぼのと薄やみほどけゆくなかに葡萄つみをりすべて老いびと
　手を振りて「じゃあね」といひて別れきぬ「また」とはとほいとほいいつの日

豊饒や寂寥や無惨をおもわせる「継承」や「老い」も、それは個人の体験や思いではなく、時間がもたらす不思議として捉えられている。時間は、豊饒であるとともに無惨。まことに「老い」は時間の堆積である。

　人間の高齢化がもたらす意識変化や構造変化は直接目に見えるものではないが、わたしたちが現在を生きる大きな主題である。「老い」に何を見るかは、現代の人間の生の価値を大きく左右する。

2017/06/10

塹壕に最後までありて死行きし娘子軍《じょうしぐん》の死体まだ暖かに

小泉苳三『山西前線』（一九四〇年・立命館出版部＊『小泉苳三全歌集』所収）

小泉苳三は、「ポトナム」の創刊者、また近代短歌の『明治大正短歌資料大成』など貴重な資料整理を行った研究者として知られている。歌集では『夕潮』『くさふぢ』『山西前線』『くさふぢ以後』を残した。掲出歌が載る『山西前線』は、一九三八年から一九三九年まで、陸軍省嘱託歌人として北支・中支に従軍してなした歌作である。後に（一九四七年）、巻末の〈東亜の民族ここに闘へりふたたびかかる戦なからしめ〉によって、教職不適格者と判断され職を追われた。『くさふぢ以後』には、〈歌作による被追放者は一人のみその一人ぞと吾はつぶやく〉とあり、時流に翻弄された口惜しみがにじむ。

以上のような予備知識のもとに『山西前線』を読んだ。そこにあらわれた作者の目は冷静的確であり、かつ戦場で生きる人間への優しさをにじませて圧巻だった。陸軍省嘱託だから、おのずからの限界はあるものの、現地での戦場描写は迫力があり、それだけでなく、感傷に流されることのないヒューマニズムが歌われている。

最後まで壕に拠りしは河南省学生義勇軍の一隊なりき

亡骸《なきがら》は敵と味方を分ためや弾飛ぶなかに曝されてあはれ
○○の敵沈みたる沼の水青くよどみて枯草うかぶ　（下関馬太路附近）
人間の姿あらはに崩れざるさまあはれなり春草の中に

敵も味方も同じ人間として捉えられている。

2017/06/13

身はたとへ武蔵の野べに朽つるともとゞめ置かまし日本魂《やまとだましひ》

吉田松陰（一九三八年立命館出版発行小泉苳三著『勤王詩歌評釈』より引用）

小泉苳三によれば「近代和歌史上この勤王志士歌集とよばれるものをあげるに、文久二年の『精神一注』一巻を嚆矢とし慶応四年から明治二年にかけてもつとも多く見うけられ以後漸次少なくなつてゆく」という。『勤王詩歌評釈』は一二四人の志士の歌に評釈を加えたもの。詩歌集における「日本魂」の鼓舞が、近代国家の誕生と和歌との関わりでとらえられ納得される。苳三はさらに「身分制のもとにあつては、同一身分に属する人々の思考は、つねに特定の教養によつて同等化され、身分特有の形態に於て表現せられる」と続け、勤王志士士族の思考が、すなわち歌の思想が一元化されていると指摘している。注目すべきポイントである。

うたれたるわれをあはれと見む人は君をあがめてえびすはらへよ
親おもふ心にまさるおやごころけふの音づれ何ときくらむ
人のためうたれし人の名はながくのちの世までもかたりつがまし

このような松陰の歌もある。陸軍省推薦の『勤王志士詩歌評釈』は一九三八年に出版され、一年を経ずして三〇版を重ねた。一九三八年は徐州会戦の年である。詩歌がどのようなパラダイムにあって作歌されたか、また編集され読まれたか。それをそのように然らしめた社会的背景を考えることは重要だ。このような、ただ一つの価値観のもとに高揚感をたかめ統制をつよめてゆく表現の在り方は、はるかむかしに否定されたはずであったが、さて、現在はどうであろう。

2017/06/15

みづからの雨のしたたりにあぢさゐの花は揺るるにおのおのにして

岡部文夫『雪天』（一九八六年・短歌新聞社）

梅雨入りとなった。紫陽花が街角に咲き、見るたびにわずかに、しかし確実に色を変えてゆく。紫陽花は変節をあらわすとして厭う向きもあるが、憂いを帯びて静かな落ち着いた気分をただよわせ、作歌の素材として人気が高い。

雨滴がしたたる度に花毬が揺れる。「おのおのにして」の自在が一首の読みどころ。雨滴のしたたりを花毬の揺れでとらえ、結句に老いの心象を重ねている。紫陽花のたたずまいに、あるがままの自然を映し、このようでありたいという願いを述べている。一首には終止形がなく、ふわりと宙に浮いてとりとめのない気分がこもる。

『雪天』は、北陸の厳しい風土と、そこに貧しく活きる人々を歌った一冊。郷土への渾身の思いである。標題のとおり、一冊の歌世界は雪ばかり降っている。

応召の馬を日に日に送りしか越後の峡の雪のふぶきに
飢えの日に乞食《こつじき》のごとあしらひし能登の農どもを今に憎むに

夜天より炎の上に降りくだるはげしき雪をみつつゐたりし

くぐもって低い声ながら、澄んだ目にとらえた故郷の風土に、洗いざらしの木綿のような感触がある。

2017/06/17

人齢をはるかに超える樹下に来て仰ぐなり噫、とてもかなはぬ

佐藤通雅『連灯』（二〇一七年・短歌研究社）

友人が「巨樹を見る会に入っている」と言った。「どういう活動をするの」とわたし。自然保護団体のようなものかと思ったのである。友人は、大きな木を訪ねては、皆で「ほう」とか「はあ」とか言いながら眺めるのだと応えた。わたしは何が面白いのかと思ったが、この頃ようやくわかる気がしてきた。そういう人は想像力が豊かで、人知を超える遥かなるものへ思いを膨らませることができるのである。

掲出の歌を読んだとき、友人のことを思い出した。大きな自然の前で圧倒されているのだが、「噫、とてもかなはぬ」と感嘆するには、相応の人間力がいるだろう。俺が、わたしが、という人間中心的料簡に固まっていては、圧倒されることはない。この歌は、〈樹齢千年の大樹は千年を見てきたり一歩も此処を動かざるまま〉に続く。また、歌集には〈構内のヒマラヤ杉は棟超えて人類以後を生きるかたちせり〉という歌もある。一冊の中で「人類以後」は大切な主題となっている。

水はいい　ますぐに落ちて光となり影すら生んで遠くへ流る
改札口にペタッとカードを押し付けるペタッの時代がどんどん進む

「おらだづはどんどんわすれられてゆく」このひとことをマイクは拾ふ

前歌集『昔話』では現地の東日本大震災がリアルに歌われた。『連灯』では、その体験を受け止めつつ、時間とともに思想を深めてゆく。「大樹」に象徴される、自然と文明に対する考察は、地球に暮らすわたしたちの大きな主題だ。

2017/06/20

チャーハンの写真を撮つてチャーハンを過去にしてからなよなよと食ふ

大松達知『ぶどうのことば』（二〇一七年・短歌研究社）

むかしは、特別な事情がなければ、食卓に並ぶ食事を写真に撮ることはなかった。レストランのメニューに載せる写真とか、誕生日会の記念写真とか、子どものお食い初め料理をアルバムに残すとか。ここは、チャーハンだから、本日の昼食といったところか。フェイスブックにアップするのだろうか、カジュアルで当たり前の一齣である。誰でもがメモの代わりにシャッターを切る時代になった。従来であれば消えて忘れられていった時間が映像に残る時代である。

掲出の歌は、「過去にしてから」に強いインパクトがある。言語でも写真でも、撮った（書き留めた）瞬間、行為者から見れば、それはもはや現在ではなくなる。記録者の立場に立てば記録はすべて過去である、ということは、現在は表現できないということである。そういう時間と表現の関係を、端的にあらわすのが「過去にしてから」だ。

子をまねて指しやぶりしてみるまひるこころあるべきところに戻る
ラーメンの列の半ばをつなぎをりこのあと架かる虹を待つごと
無作法を新しいねと言ひかへて高校生に迎合すこし

家庭では娘が生まれ、職場の高校では英語を教えて勤続二十年の作者である。素材は、そうした生活周辺からのものが多くカジュアルにみえるが、じつは思索的である。モノやコトを歌うのではなく、モノとモノの、コトとコトの、また、コトとモノの関係を、広い視野から発見してシャッターをきる。したがって自己は相対化されている。それが現代的。つぎつぎに変化する今を感じさせる。

2017/06/22

寒あおぞらかぎるもの見ずたかひかる米軍制空権のとうめい

大井　学『サンクチュアリ』（二〇一六年・角川書店）

昨日、六月二十三日は沖縄慰霊の日だった。太平洋戦争で市民を巻き込んでの地上戦が繰り広げられた沖縄で、実質的な戦闘の統制が解かれた日である。新聞やテレビのニュースでは特集もあったが、概して表面的な印象だった。米軍基地問題を抱えたままの沖縄を、あまり目立たないようにという意志が、どこかにあるような気がした。

この歌はとくに沖縄を題材にしているのではないが、現代日本において、見えないものを見る必要を考えさせる。報道のうしろには、生々しく繰り広げられる現実があり、目に見えない力がそれを統括している。見えない力は、推測し想像し考え続けることによって、そこに立ち現れるが、それだけでは時間の流れに押し流されてしまう。それはさらに、表現する主体をもたなければならない。『サンクチュアリ』は、その表現主体が明確で、現代日本の状況への批評性がとても高い。あらためて表現と勇気について考えさせられた。

負ケ犬ニナルナとばかり教えられ負ける強さを知らずに育ち
「統制」という語に拒否感なきひとのめがねぺたぺた指紋つきおり
辞表を出す部下の伏目を見ておりぬ「驚く上司」という役目にて

まっすぐに社会状況へ向けられた鋭い批評眼は、サラリーマン社会に身をおく自分自身にも同じように向けられており、甘い人情や自己弁護に流れることがない。表現者としての、そのような公平な認識と姿勢が、人間すてたものじゃないなあと、あたたかい感動を覚えさせる。

2017/06/24

男《を》の童《わらべ》ペダルの上に身を立ててこのつゆばれの夕べをきたる

玉城　徹『われら地上に』（一九七八年・不識書院）

少年が自転車を漕いでやって来る。梅雨の晴れ間の夕暮れ。明るいような暗いような、ぼんやりとして、しかし、久しぶりに空が見えて光が満ちているような時間帯である。少年は一心に自転車を走らせて近づいて来る。焦点化された少年の姿が絵のようにうつくしい。「ペダルの上に身を立てて」の把握による。過不足のないフレーズだ。

アフォリズム集『藜の露』（一九九七年・不識書院）に、玉城の次のような言葉がある。「一つ一つの言葉の言い分をよく聴いてやらなければいけない。彼らが、それぞれの生命に輝いて出てくるように、辛抱づよく、考えてやるのである。全部の言葉が生命をもって、はじめて、一首の歌が成立する」。言葉を意味伝達の手段にしてはいけないというのである。こうした言語観が、「ペダルの上に身を立てて」という言葉を摑むのである。

つるぎ葉のグラヂオラスのむら立ちに花おとろへて濁るくれなゐ
梅雨明けをためらふごとき夜半に出づ葉書ひとひら指につまみて
頭とは何ぞと問ふにジャコメッティ端的に応《いら》ふ胸の付け根

言葉だけではなく、モノやコトの言い分をよく聴いているなあと思う。よく聴くとは、諸々への知的関心が強いということだが、その上で「辛抱づよく」ということが、なかなかできない。

先ごろ、『玉城徹全歌集』（いりの舎）が刊行され、入手が困難だった玉城徹の初期の短歌作品も一冊にまとめられた。身近に読みやすくなった。

2017/06/27

息子とは見るものが違い朝雲のバックミラーを俺は動かす

佐佐木幸綱『ほろほろとろとろ』（二〇一四年・砂子屋書房）

歌集標題の「ほろほろとろとろ」は、種田山頭火にちなむ言葉で、「自然体、あるがままの表現」のニュアンスをもつと「あとがき」にある。なるほど、たいへん読みやすい一冊である。けれども、自然体だからといって勝手気ままなわけではない。自然体でいて、独自の歌世界が広がる。若い頃には「日常から離陸し、意志的な日本語の表現をめざした」柿本人麻呂の作歌姿勢に共鳴したと、これも「あとがき」で語る。離陸や意志的表現を経験したところに生まれる、スケールの大きさが魅力だ。

歌を写し取りながら、新仮名遣いであることにあらためて気づいた。一九三八年生まれの作者だが、この世代で新仮名遣いを貫いている歌人は、そう多くないのではないだろうか。口語と文語の混淆も違和感がない。

掲出の歌は、父と息子の男同士の関係が歌われているが、父と娘、母と息子ならば全く違って、こうはならないなあと思わせる。特徴は対立的な距離感だ。父には父の、息子には息子の、それぞれ独自の視界があり、それでなお、読後には、互いを認めあっているという信頼感が残る。

息を吸ってそのままとめて花びらを散らさぬ桜、犬と見ており
大いなる鰤の首いな襟に刃を入れんと重き出刃下ろすなり
ライン川の岸の青草食う羊三百ほどか　三百の白

端的率直で力強く、包容力があって明るい。

2017/06/29

針の目の隙間もおかずと押し浸す水の力を写したまへり

春日真木子『水の夢』（二〇一五年・株式会社KADOKAWA）

小題「水の力」の一首。「明治四十三年「水害の疲れ」」と注がある。この歌の前に〈こほろぎが屋根の裏べに鳴くを詠む出水さなかの明治の余裕〉、後に〈牛叫ぶ声を闇夜にききとむる悲痛奔りぬ左千夫歌集に〉が続く。作者は、水害を詠んだ伊藤左千夫の歌集を読んでいるのである。

左千夫の「こほろぎ」の歌は明治三十三年の〈ゆかの上水こえたれば夜もすがら屋根のうらへにこほろぎの鳴く〉、「牛叫ぶ」の歌は明治四十三年の〈闇ながら夜はふけにつゝ水の上にたすけ呼ぶこゑ牛叫ぶこゑ〉を指している。掲出の一首は左千夫の〈針の目のすきまもおかず押浸す水を恐しく身にしみにけり〉に拠っている。

「水の力」一連は、水についての思索である。体験に加えて文献をあさり、先人の言葉に耳を傾けるのは、この作者の作歌姿勢だ。それは外部へのつよい関心の表れでもある。明治の水害に、水の力の大きさ恐さをリアルに読みとっている。加えて「写したまへり」に注目したい。作歌歴の長い作者にあって、さらなる作歌方法の追求がみえる。写生によって生み出される歌の表現へのあくなき関心である。

春日真木子の父は松田常憲、尾上柴舟を師として「水甕」を主宰した。春日は柴舟系の出でありつつ他の系列に学ぼうというのである。このような先達に対する畏敬の念も長く続く短歌結社のリーダーらしいところだ。「私は今、八十八歳ですが、これからも心を揺らし、言葉を揺らし、夢見る力を培ってゆきたく、表題を『水の夢』としました」（あとがき）とある。言葉に力感と艶のある大正生まれである。

拳とは男の涙を拭うもの終戦の日の父を忘れず
渡来せる鶫のもゆる眼に見られ宙《そら》にかがやく木守りの柿
支え木に凭《もた》れひらける牡丹《ぼうたん》の紅《くれなゐ》へ向く今日のわが杖

2017/07/01

末なるがめぐしきものと群肝の心にしみぬしが幼聲

伊藤左千夫『左千夫全集第一巻』（一九七七年・岩波書店）

伊藤左千夫は生前に歌集を刊行しなかった。この引用は手元の全歌集からで、一九〇六年（明治三十九）年の作。「歌のまどひありけるに、聾といふ題出づ、予は吾末なる幼女の上を詠みぬ、世の中に幼きものをいつくしむ許り樂しく尊とくおぼゆるはなし。」という長い詞書のある七首中の一首である。当時の歌会では、題詠が行われていたのである。左千夫は子だくさん。家族への情愛を大事に歌っている。

この歌に続いて〈朝宵にはぐゝむ稚児にしが聾を聞けばゆらぐは吾老ぬらし〉の歌がある。左千夫は四十二歳、今は働き盛りの若手といわれる年齢だが、すでに「老」の自覚を歌っているのも興味ぶかい。

引用歌の「心にしみぬ」は常套的なフレーズでありながら、幼い娘の声を全身でうけとめているように感じさせ、情感をささそう。歌われているのは、吾子への情愛にとどまらず、幼児特有の無垢なるものである。

牛飼が歌よむ時に世の中の新《あらた》しきうた大いにおこる
九十九里の磯のたいらはあめ地の四方の寄合《よりあひ》に雲たむろせり

近代短歌の黎明期、声調を尊んだ左千夫らしく、大らかな調べである。

2017/07/04

参道の夜店の面に目がふたつ開いたままに暮れどきに入る

髙橋みずほ『春の輪』（二〇一二年・沖積舎）

望郷の思いは、多くの先達によって歌われてきた。たとえば啄木のように。また茂吉のように。離郷して都会に住み、生まれ育った土地への強い思念にかられた歌人たちは数多い。『春の輪』もそれに繋がる思いの深い歌集だが、核になっているのは望郷という個人的な感情ではなく、現代人が疾うの昔に見失ってしまったものの記憶を、一つ一つ確かめ、呼び覚まそうとしている点が読みどころである。

掲出の歌は縁日だろうか、参道に夜店が並ぶ懐かしい風景だ。これから祭りの賑わいが始まる。古い神社の境内を歩く子どもたちは、綿飴や金魚すくいやヨーヨー釣りに興じたものだ。しかし、この一首は、そのような情趣を懐かしんでいるのでも、体験を語ろうとしているのでもない。作者の視線は、売られている「目がふたつ開いたまま」の面に、吸い込まれるように注がれる。面の目は空虚な二つの穴ではあるが、空虚であるがゆえにかえって、風土の中に重ねられてきた土俗的な長い時間を凝視しているようでもある。

面かぶりふたつ穴より見る祭りにんげんかこむ黄の灯火

まわりからしずかにきえてゆきにけり木も土も明治の人も
すいすいと水澄ましおたまじゃくしの尾がはねて春の泥

短歌形式の五・七・五・七・七にそのまま嵌めこんで数えると、一冊を通して音数の欠落が多く、いわゆる破調ということになるが、独自の音律をなしており、それが、風土に培われた深い闇を、読者に覗かせる。

2017/07/06

さかいめのなき時を生きゆうらりと瞳うるわし川底の魚

東　直子『十階』（二〇一〇年・ふらんす堂）

本来、時間に境目はないのに、人間は、無駄なく合理的に生きて行くために、いろいろな境目をつくる。いったん出来てしまった境目は、無視しがたく、こだわりができる。便利ではあるが、反面とても窮屈。第四句の「瞳うるわし」は、賢しらなこだわりを持たない澄んだ目をいうのだろう。自然界に生きるものたちは、たしかに時間の流れに境目などつくらずに生きている。

この歌には次のような詞書がついている。「7／9　午前五時。清らかな水がとめどなく流れる川を、つり橋でわたった」。「ゆうらり」は、吊橋をわたったときの体感と呼応している。水の流れのままに生きる魚の融通無碍を、ちょっと想像したのだろう。

この感覚が、作者の資質を感じさせる。押しつけがましくもなく、詰まらなくもなく、言葉にすっと寄り添う。サティの音楽のようだと、いつも思う。著作である小説『とりつくしま』を読んだとき、内容もさることながら、言葉の歯触りが実に心地よかった。

疑似家族疑似友達でかまわない南から吹く風を受けてる
宿るもの知りて怖くはなかったか秋の海より濃い青を着て
ふたたびは踏まない道に大切な記憶あずけるためにくる夜

知らず知らずのうちに自分の中につくってしまった境目を、少しの間、忘れてみようという気持ちになる。

2017/07/08

給油所のうえの虚空はさざなみの沼につづけり　横ながの沼

丸山三枝子『歳月の隙間』（二〇一二年・角川書店）

ちょっと遠出をしたドライブ中、そろそろ給油しようかとガソリンスタンドに入る。車を降りて景色を見る。たいていは遠くを望んで深呼吸する。前方の道路ばかり見つめてハンドルを握っていた窮屈から解き放たれるのだろう、当たり前の景色が、とても新鮮に感じられるものだ。

遠くに沼が見える。沼と給油所は一つの景色として続いていると気づく。この歌の面白さは、給油所から沼へと、作者の視線の動く過程が描かれているという点だ。ずうっと視線を動かしながら、「虚空」をとらえ、「沼」をとらえる。そうして、「横ながの沼」を認識する。こんなふうにして、日々、わたしたちの心はモノに近づき、モノを見定め、また遠ざかる。流れにそって移る目の動きが歌われている。

あかときの夢の海にてひたひたと鰭うちたたき泳ぎていたり
誰の手に解かるるならん花束はエレベーターに運ばれてゆく
ぽつねんと壁に掛けられさっきから聞き耳たてている夏帽子

歌集タイトル『歳月の隙間』とあるのは、読後の印象にとてもよくあっている。何もない隙間に、心をあずける。それは、短歌の行間に情趣を覚えることと通じている。

2017/07/11

さそはれて窓より首を出すときにみじかすぎたり人間の首

西村美佐子『猫の舌』(二〇〇五年・砂子屋書房)

外から誘いの声が聞こえて来る。「遊ぼうよ」とか、「散歩にいかないか」とか、「花がきれいよ」とか。誘う声は、気持ちを外へ向けるきっかけ。窓から顔を出すとき、心はグーンと声に近づいてゆく。けれども、心のままに体を動かそうとすると制限がかかった。思いのほか首は短かったのである。そこで、ああ、人間の首はキリンや馬のように長くはないのであると、認識が生じた。

人間の首の長さを知らぬ人間はいないが、わたしたちはそれを当たり前のこととして生きている。認識をうたったこの歌の面白さは、与えられた情報をもとにした概念ではなく、無意識のうちに動いた体の行為によって生まれた認識だということである。無自覚な常識が経験となったといえようか。結句、「わたしの首」といわず、「にんげんの首」という。短歌(=言葉)を自意識の縛りから解き放とうとするかのようだ。

七月の空の高さにさはさはと川の流れのひらがなの文字
巻き尺がありてしゆるしゆる伸びてゆく巻き尺はまんなかを狙ふ
翻りふりむく形態にかあてんのせつぱつまりたるひとゆれ

自意識が外部に触れて動き出す瞬間を見ているようだ。新しい発見が、言葉に開放感をもたらす。読む側の気持ちも広々と解き放たれる。

2017/07/13

連結して貨車降りるときこはばりし指のはずれずふる雨の中

御供平佶『河岸段丘』（一九七四年・新星書房）

わたしはJR高崎線の沿線に住んでいる。近年の高崎線は何かというと信号機故障や人身事故で遅延がふえた。乗客であるわれらは、「またかあ」と舌打ちをする。そうした乗客の向こう側に、駅員、線路守備員、救急員などの緊急出動があることを、つい忘れがちである。

掲出の歌は、一般の乗客がなかなか知り得ない操車場内で働く鉄道員の姿である。感情を抑えた写実の筆致が生々しく、緊迫感にみちている。貨車の連結の歌では佐藤佐太郎の〈連結を終りし貨車はつぎつぎに伝はりてゆく連結の音〉がよく知られているが、それとは対照的な立場、すなわち直接、貨車の連結にたずさわる現場からの歌である。

御供は、当時の国鉄に勤務し、一九六三年に貨車の連結手として田端駅に配属された。日本社会が、翌年に催される東京オリンピックを前に湧き立っていたときだ。一九七〇年には大阪万博が開催されるという、上り坂の高度成長期である。二〇代の青年の歌は、そのような風潮に遠く、連結手としての勤務をまっとうすることに懸命だ。現場は苛酷だが、ひたむきさが、労働の意義をつよく感じさせる。

灯のかげに雪はなやかに流れゆく線路を歩む貨車つなぎ来て
地下足袋に荒縄を巻く足のあと雪に凍りてのこるわらくづ
線路より重たき骸かかへあぐ今のいままで生きてありしに

作者は、後に鉄道公安官となったが、国鉄解体によって転職した。国鉄時代に上梓された歌集四冊をコンパクトにまとめた『御供平佶歌集』（ながらみ書房）が先ごろ刊行され、身近に読めるようになった。日本の高度経済成長期の労働現場を歌い残した貴重な声である。

2017/07/15

桃の木はいのりの如く葉を垂れて輝く庭にみゆる折ふし

佐藤佐太郎『帰潮』(一九五二年・第二書房)

『帰潮』は、佐藤佐太郎の戦後を代表する歌集で、人口に膾炙した歌が多い。この歌はその一つ。「桃の木は夏日にみな葉を垂れている。暑さに萎えたようでもあるが、それを私は敬虔な形とみたのであった」(『短歌を作るこころ』)と、自註している。「敬虔な形」は、作者の庶幾する心境であったろう。まことにモノは、見方によって多様な表情をみせるものである。

この歌は一九五〇年(昭和二十五)の作。作者は終戦の年の五月、表参道の空襲で家財を失った。それより五年の後、まだアメリカの占領下にあって生々しく焼跡の残る東京である。「いのりの如く」は、そうした時代に市民の誰にも共通する心境であったかと思われる。

苦しみて生きつつをれば枇杷《びは》の花《はな》終りて冬の後半となる

連結を終りし貨車はつぎつぎに伝はりてゆく連結の音
あぢさゐの藍《あゐ》のつゆけき花ありぬぬばたまの夜あかねさす昼

「純粋短歌」を提唱した作者である。写実の手法によりながらも、歌は抽象性が高く、一首をとりだしてみると、何に苦しんだのか、貨車はどこに停まっているのか、紫陽花はどこに咲いているのか、個々の具体はわからない。その分、時代をこえて共感を得やすいともいえる。独立した一首として味わったのち、敗戦後の東京の街を背景に思い描きながら鑑賞すると、さらに重い響きが感じられる。

2017/07/18

麻痺の子の逝きて時経し向ひ家に人の笑ひのきこゆと妻は

田谷　鋭『ミモザの季』（一九八八年・短歌新聞社）

一九一七（大正六）年生まれの作者は、北原白秋に心惹かれ作歌を始めた。「香蘭」「多磨」を経て、「コスモス」の創刊に参加した。作風は、白秋というより宮柊二の重さを感じさせる。視点を低くたもち、生活のなかに動く人間の心の機微を、重層的に膨らませてゆくのである。掲出の歌は、

「石造の池」に、次のような歌に続いて配されている。

異《こと》ざまに常静かなるこの家に麻痺の子ありてけふ葬りとぞ
供養ゆゑ葬《さう》を盛んになすべしと麻痺の子のその兄が言ひしと

家内の事情まで立ち入らない近所づきあいが続いた。葬儀があって初めて、「向ひ家」に「麻痺の子」がいたと知れたのである。地域共同体の障害者の処遇、家族がたもつ世間体、尾鰭のついた風聞など、さまざまな切り口を含んでいながら、作者は、事実を低い声で述べるだけである。良し悪しの概念では括り切れない生の奥深さが歌われている。濃淡のあるものの、このように、口を閉ざすしかない現実に生きている人がどれほどいることだろうか。その胸中が想像される。

夫婦の会話に差し挟まれる近所の話題に、「笑ひ」があった。「笑ひ」声に推し測られる、「向ひ家」の家族が経て来た複雑に折りたたまれた時間。口惜しさがあり、苦しさがあり、愛しさがあり、とても悲しいが、それこそが生の重さなのだろう。

入りきて健やけき蠅ひとつ飛ぶ暑の窓ひらきわが励む部屋
のび立ちてわが身丈越す筍《たかんな》の黒き斑をもつ肌《はだへ》に触れつ

2017/07/20

卓上に綿棒いっぽん横たわり冬の陽射しに膨れはじめる

後藤由紀恵『ねむい春』（二〇一三年・短歌研究社）

綿棒は、「横たわる」というほどたいそうなものか。それが「膨れはじめる」とはどういうことか。立ち止まってちょっと考える。しーんと静まった部屋に、作者は、たぶん一人で、じいっと一本の綿棒を見つめているのだろう。もちろん、綿棒について考えているのではない。心に鬱積するものがあるのだ。その核心的話題に触れることなく、抱え込んでいる重さを形象化しようというのが、「横たわり」「膨れはじめる」だろう。

いわれてみれば、人は、思索にふけるとき、物思いに沈むとき、些細な物事に意識を集中させるものだ。冬の淡い光のせいか、押しの強い歌ではないが、意識の在り方によって像が膨張するという着目が印象に残る。この歌に続いて〈ちちははの家にはわれの部屋もあり机の上にミシン置かれて〉がある。

情緒安定長女気質のわれなれば　どこで泣いたらよいかわからぬ
「しょんしょんと歩いていたね」弟の内なる祖母よしょんしょん歩け
緋の色の皮手袋のうちがわに指先の知るくらやみがある

これらの歌には、大きな物語の劇的な展開を排して、家族の心理をえがく、たとえば是枝裕和監督の映画を見ているような味わいがある。「情緒安定長女気質」をもてあましながら、静かに自己の内側をみつめ、人生の方向を探っている。短歌の技法に先んじて、自己の裡に生起する感情や感覚に忠実に言葉を発していると思わせる点、肌触りが柔らかい。

2017/07/22

硝子戸の外にて雨はふるとみえず梅の葉が昏くぽつりぽつり動く

栗原潔子『栗原潔子歌集』（一九五八年・短歌風光社）

栗原潔子は、一九一三（大正二）年に竹柏園に入門し、佐佐木信綱に師事した。歌集に『潔子集』、『寂寥の眼』があるが、この二冊からの抄出歌とその後の作品を、まとめて一集としたのが『栗原潔子集』である。大正二年は、若山牧水の破調作品をめぐり論争が起きた年であった。「心の花」の若手にも新しい短歌形式をめぐって、さまざまな試みがなされていたようで、『潔子集』には、そのような時代を映し、次のような調子の歌がいくつも見える。

とざせる心をいだきもだすごと樫の樹のたてるはさびし
鳴きつくし落ちたる雲雀はいづくぞひろくただあをし麥の畑

作者は文体に意識的である。歌われた「とざせる心」の寂しさ、「ひろくただあをし」という憧れは、その後の作者の短歌世界を貫くことになる。

掲出の一首は、戦後の作。室内から硝子戸を通して見える景に、雨が降っていることを知るのだが、雨脚が見えるのではなく、梅の葉の動きによるのだと認識する。「ぽつりぽつり」に、目で認識される雨が、音の感触に変換されるときの気分がこもる。わたしたちは案外、このように、視覚とも聴覚ともしれぬ共感覚を味わいながら暮らしているのだろう。

何と知らぬ閃光のもと一瞬に異形のちまた血しぶくといふ
泰山木のましろ大花みだれむとして咲きたもつしばらくの間

短歌的な調べと抑制された知性が読みとれよう。栗原の主宰した歌誌「短歌風光」で、『とこしへの川』で注目された竹山広が育てられたのも頷ける。

2017/07/25

股関節こくつと鳴りぬストレッチは自分のからだを捜すものなり

梅内美華子『真珠層』（二〇一六年・短歌研究社）

街を歩くと、ヨガや整体や岩盤浴などの看板が目につくようになった。この頃では、通勤途上でちょっと疲れをとろうという人に人気があるらしい。それぞれの系統の淵源をたどれば、健康についての長い歴史を知ることになる。人間がよりよく生きるため、健康に強い関心をあつめたのは当たり前のことではある。しかし、そのわりに、わたしたちは自分の身体の構造をよく知らない。知っているつもりではいても、たとえば「股関節」の仕組についてあまり考えたことはないだろう。

この歌は、ヨガや整体や岩盤浴というほどではなく、自室でストレッチ体操をしているようだ。長く付き合って、十分に知っているつもりの自分の身体の一部である「股関節」が「こくっ」と鳴った。自分のからだを捜しているのだという。これを読んだとき、わたしは、健康を保つ看板が街に多い理由がわかった気がした。駅を降りて自分の体を取り戻した人が家に向かう姿を想像した。自分の体を取り戻して家に帰るのではないかと思ったのだ。そこには、都会のオフィスで一日をはたらき、身体を見失って疲れた人間の顔がある。

地下駅の壁からすうッと現れて会社に行けない霊が乗り込む

西日差す電車の窓に後頭部あたためてをり何か芽吹くまで
資生堂パーラーにかはゆき菓子選び無縁仏となるかもわれは

「股関節」「地下駅」「後頭部」「資生堂パーラー」など、それだけでは特別な語ではないが、一首の中で効果的に、無意識に潜む現代人の闇を引きだす。「自分」こそが、人生でもっとも大きな不可思議であると、あらためて思う。

2017/07/27

人間は世のひとかたに去りしごとひそけき昼を爬虫類出づ

常見千香夫『新風十人』（一九四〇年・八雲書林）

『新風十人』は、編集者鎌田敬二の企画に、筏井嘉一、加藤将之、五島美代子、斎藤史、佐藤佐太郎、館山一子、常見千香夫、坪野哲久、福田栄一、前川佐美雄が参加した自選集。次の歌壇を担うと目された歌人たちである。ほとんどは戦後の歌壇で活躍したが、常見千香夫は、歌壇から身を引いたため、今日では名前を知る人さえ限られる。常見の執筆活動は「香蘭」→「短歌至上主義」→「鶏苑」に拠った。

炎暑の昼間に、道行く人影がふっと途絶えることがある。風もなく音もなく、真空のようだと思う瞬間がある。異次元に迷い込んだようで不思議な感じ。怖い。掲出の歌の情景は描かれていないが、一瞬この世に人間がいなくなってしまったと感じたのだろう。そこに何処からともなくニョキリと顔を出し、赤い舌を閃かせている「爬虫類」が目をひく。「爬虫類」とは何か。人知のおよばない地上の世界の生命体か。人間＝理知に対して、爬虫類＝原始生命の対照をいうのか。いずれにしても人間の意志や思惑とは関わりなく「爬虫類」は出没する。一九四〇年は、大政翼賛会発足の年であり、二年のちには日本文学報国会が結成された。そのような世相の暗喩だと、わたしは思う。

西窓より射しをる光《かげ》はうつつなき赫きいろして砂壁のうへ
すずろかに大気の層の剝《はが》れゆきてけふ松の間の白雲のいろ
柿若葉あめの明るむゆふべには恃むこころのまがなしくおもふ

作品に添えられた「小記」に、常見は「歌壇が動いてゐるのは隠れない事実だ。一列横隊に新人たちが真剣な歩一歩を行進してゆく姿も今日の如きは嘗てなかつた。そこにはすでにヂヤナリズムの虐使的傾向さへ濃厚に看取できる」という歌壇批判を記している。

2017/07/29

鉄《くろがね》と陶器と硝子と風鈴三つおのづから鳴りおのがじし鳴る

都筑省吾『都筑省吾全歌集』(一九八九年・短歌新聞社)

「都筑君は物慾極めて少く、名誉心に刺戟せらるる如きことは全くなく、ただ広き意味の文芸の一使徒として、人生の寂寞と孤高とを調摂して清浄なる一境を生み、その中に安住するの人なり」と、窪田空穂は、都筑省吾の第一歌集『夜風』の序文に述べている。空穂門下の同人誌として出発した「槻の木」を主宰した人物である。

おおよそ七十年の作歌において時代ごとに詠風の変化はあるものの、日常の些事を平明に歌いながら人の心の微動をとらえ続けた。掲出の歌は晩年の『星の死』より引いた。〈風鈴三つ台所の窓際に吊るしたりおのもおのも揺れおのもおのも鳴る〉に続いて置かれ、「風鈴三つ」の素材の違いを楽しんでいる。下町情緒的な風鈴の趣はもちろんだが、鉄の音、陶の音、ガラスの音のそれぞれの質感を堪能している。下句は、風鈴の音色を言いながら、もちろん、短歌創作における個性を愛でているのである。

近年、市街地に並びたつマンションでは、風鈴をベランダに吊るすことが禁じられているという。音は聞く人によって雅趣ともなり、騒音ともなるわけだ。夏の風物詩と考えられてきた風鈴の風情は、開け放った戸口からの涼風を待つこころである。締め切ってクーラーを効かせた部屋では、風鈴も郷愁の中にのみ鳴るようになったのかもしれない。

抜身の大刀硝子戸の中に凛乎《りんこ》たり少女等三人《みたり》前に佇む
歌はこれ事柄にあらずしらべなり事柄はなべてしらべに存す
ありのままを詠むが歌なりありのままは二つはあらずそのありのまま

歌に展開された歌論は、一つの態度であり、事柄重視の歌への批判でもある。

2017/08/01

白きシーツに黒き二つの眼が澄みてしづかに人の瞬きをする

四賀光子『白き湾』（一九五七年・近藤書店）

小題「病閑」の第一首目に置かれている。一連の中に〈声立てて翁は笑ふ若き日のおのれきほひし文章よみて〉〈呼びつけて云はんとしたる言忘れおのが額《ぬか》打ちやがて笑ふも〉とある「翁」は、夫の太田水穂。看病をしているのである。

一読、なんと印象的な一首だろう。病床に横たわっている人物の眼だけが描かれている。クロッキーデッサンのような白と黒の対照が、まるで人が身体を失っているかのような印象を受ける。しかし、言葉で語られていないために、病むものの様態をより強く物語っていると思えるのだ。人生の紆余曲折を経てきた二つの眼は、今すべてを洗い流して澄んでいる。「しづかに人の」には、仰臥している人と、それを見ている人との無言の信頼がこもる。

「よかつたなあ」十年再会の喜びをかく素朴なる言葉にていふ
秋の夜の厨の隅に湧く泉燿り透きとほり押上がりやまず
人ゆけば皆一どきにふり向きておでこなるもあり緬羊の顔

対象に近づき過ぎもせず、かといって冷淡でもなく、静かに観察して、ねんごろに心を籠めて歌っている。表立てた自己主張はないが、芯が強く包容力に富む。『白き湾』の「巻末記」で、「直観的に素材を把握し、表現を具体化するといふ潮音伝統の方法」といい「伝統的日本的象徴を主義とした潮音」という。「日本的象徴」は太田水穂の歌論。水穂亡き後の「潮音」を担った四賀光子である。

2017/08/03

雲を見て今得し歌の片はしを山の鵯鳥《ひよどり》鳴けば忘れぬ

与謝野寛『与謝野寛短歌選集』（二〇一七年・砂子屋書房）

与謝野寛は鉄幹である。傑出した多くの近代歌人を生み出した「明星」を率いて、和歌革新をおこない、近代短歌史の舳先を浪漫主義の方向へ向けた。が、寛の短歌作品は、妻の与謝野晶子にくらべて注目されることが少ない。もっぱら短歌革新運動の推進者としてのみ話題にのぼる。

このたび『与謝野寛短歌集』が刊行された。これは、与謝野夫妻に間近く接した平野萬里が選をして書き置いた約二千首である。寛のおおよその作歌の行程が一望できる。巻頭に、三枝昂之が序文を寄せており、寛の出発点に「素直な情景のスケッチ」があり、近代短歌のスローガン「おのがじしに」「自我の詩」「写生」のもとには、「やかましい作法とは無縁の飾り気のない歌への関心」があっただろうと指摘している。

掲出の歌は「伊豆の春」の一首。一九三二年、五十九歳の作である。その三年後に寛は亡くなった。若き日の有名な〈われ男の子意氣の子名の子つるぎの子詩の子戀の子あゝもだえの子〉などに比べると、肩の力が抜けて自由である。空を見上げて自ずから歌の断片が浮かんだのであったが、鵯が鳴いたらそれに気をとられてしまい先の歌を忘れたという。それもまたよしと肯定する風情が伸びやかで明るい。次に〈しろき犬あるじの横に首のべて湖を見る枯芝の丘〉が続く。

父はやく我れに誨《をし》へて歌よめと叱るばかりにのたまひしかな
今にしてつくづく知るは歌よめと誨《をし》へたまひし父のみこころ

この「父」は、歌人の与謝野礼厳である。寛の歌の変遷は近代短歌史の流れを如実に映している。

2017/08/05

捨て身の如くねむれる猫のゐて海は膨《ふくらみ》を夕べ増しくる

真鍋美恵子『羊歯は萌えゐん』(一九七〇年・新星書房)

猫は微動だにせず深く眠っているのだろうか。やけっぱちになって眠っているのだろうか。「捨て身の如く」眠るという表現は、睡眠の安らぎや和みからはるかに遠い。何かに挑んでいるかのように、緊張が漲る。その向こうに見える海は、夕闇のなか、潮が満ちてくる。それを「膨らみ」と、量感でとらえている。眠る猫と満ち潮の海が、構図のなかで拮抗する。三句の「て」の、強引ともいえる接続が働いているのだろう。こうした対照のありかた、すなわち外界に向かう張りつめた拮抗は、ものを見るときに用意する作者のスケールを思わせる。
真鍋美恵子は、「心の花」に所属し、「女人短歌」に参加した。河野裕子は「心情表白ではなく、対象をシャープに切り取ることによって、人間の本質に迫ろうとした。評論や歌壇に向けての発言は少ないが、戦後屈指の実力派歌人である」(『現代短歌大事典』「真鍋恵美子」の項)と、高く評価している。「対象をシャープに」という印象は、如上の印象的イメージの組み合わせでもあきらかだが、通常では目をそらすような残酷や悲惨にも筆をゆるめない表現の徹底にある。

月のひかり明るき街に暴力の過ぎたるごとき鮮しさあり
ましろなるタイルの上に水湧きて熄《や》まざる池が春日《しゅんじつ》にあり
歯ぐきより血をにじませて青林檎嚙みをり孤独に老いたる人が

表現の追求をつづけた、このような歌人が現れたことは、「女人短歌」の功績の一つに数えられていい。

2017/08/08

核実験大成功と歓声の上りたる場所トリニティサイト

紺野万里『雪とラトビア＊蒼のかなたに』（二〇一五年・短歌研究社）

「トリニティサイト」とは、一九四五年七月十六日にアメリカ合衆国ニューメキシコ州で行なわれた人類最初の核実験場である。この核実験成功の先に、ヒロシマ・ナガサキがあった。広島に投下された原爆の火は長く保存され、その火を実験場に戻そうと二千五百キロメートルを歩く僧侶の行動は映画『GATE』になった。永平寺で上映会があり、映画を見た作者は、連作「風下の人」をつくった。「風下の人」は被爆者のことという。

今夏もテレビではヒロシマ・ナガサキの特集が組まれていた。オバマ大統領の広島訪問のときのような関心を集めたとは思えなかったが、これまで語られてこなかった事実が、ゆっくりとではあるが、広範囲に知られるようになってきた。事実が、七十二年を経て明かされるまでには、さまざまな積み重ねがあったことも報道された。上記の映画もその一つである。

引用の歌は、「トリニティサイト」を説明指示しているだけだが、事実を記録する歌だ。人類の歴史が変わったといわれる象徴的な場所を脳に焼き付けておこうという強い意志がある。映画『GATE』のこと、「風下の人」という言葉をわたしが知ることができたのもこの歌のおかげ。

極月の日本海の轟きの一部となりてアクセルを踏む
日本語とふたつの異国の声に読む雪の歌　雪の科学館にて
六百キロの「バルトの道人間の鎖」を形成しラトビアの得た独立、言葉

作者は福井県の人。雪と原発は大きな主題。雪のつながりで、日本ではあまり馴染みのないラトビア語を体得し、ラトビア「詩の日々祭」に参加するなど、歌人としては異色の活動をしている社会派である。

2017/08/10

やがて海へ出る夏の川あかるくてわれは映されながら沿いゆく

寺山修司『空には本』（一九五八年・的場書房）

『空には本』では〈海を知らぬ少女の前に麦藁帽のわれは両手をひろげていたり〉〈一粒の向日葵の種まきしのみに荒野をわれの処女地と呼びき〉などがよく引用され、人口に膾炙している。舞台、映画などの演劇に関わった作者らしく、麦藁帽や向日葵の道具だて、配置がうまく整えられ、読ん

でいると目の前に無理なくイメージが膨らんでゆき一つの物語を喚起する。ちょっとポーズを感じさせる演出もなかなかのものだと思う。

このような歌に対して、引用歌のような目立たない歌もある。特別な仕掛けがないのでつい読み過ごしてしまいそうだが、青春期の自意識がはたらいて、鋭く繊細な感受性を見る思いがする。川面に映る自分の影を見ながら川沿いを歩いて行く。「海へ出る」からすると、川下に向かって歩いているのだろう。やがて開けてくる景色の先に、広く明るい可能性を感じさせる。

冬怒濤汲まれてしずかなる水におのが胸もとうつされてゆく
母が弾くピアノの鍵をぬすみきて沼にうつされいしわれなりき

「うつる」「うつす」でなく、「うつされる」であることに注目したい。鏡を見るように、外景の中に置かれた自分の姿を見ることによって「自分」が認識される。「うつされる」自分は受け身であり虚像である。自分そのものではない。世界と自分との関わりについて、作者の認識が見える。

2017/08/12

橋脚ははかなき寄辺《よるべ》ひたひたと河口をのぼる夕べの水の

大辻隆弘『景徳鎮』（二〇一七年・砂子屋書房）

小題「くれなゐ」一連九首、最後の歌。一連は病床の父の傍らで歌われたもの。すぐ前に〈しづしづと語りしこともなかりしを父に向へば頷くごとし〉があり、これまでの父と息子の関係が回想されている。「頷くごとし」には、作者からみた父像が描かれている。また、そのようであってほしいという庶幾があるのだろう。

引用の歌は、橋脚を歌っている。自然の風景のように見えるが、上記のことを考えれば、比喩として読まれるよう意図されているにちがいない。上げ潮が河口を上りはじめる。橋脚にあたって水が揺れる。橋脚は、一時の通過点であって、水をおし止めるものではない。水は時間、橋脚は人間、と理解した。ここでの人間は父。「寄辺」を求めざるをえない人間の寂しさを思った。

水のおもてに今日の曇りの移るころ河口に道は尽きむとしたり
李禹煥《リー・ウーファン》の余白の白をおもふまで繊《ほそ》くし降れり一月の雨は
紙コップ白きをふたつ携へてあなたがさつき立ち去つた椅子

「李禹煥」は、石、木、紙、綿、鉄板などの素材を組み合わせる「もの派」といわれる美術家である。『余白の芸術』などの著書があり、「もの」がつくる余白を大きな主題として取り組んでいる。『景徳鎮』の歌の、シンプルな構図とそれを覆う情趣に通じている。「道は尽きむとしたり」「立ち去つた椅子」は、「無」を見つめているのである。

2017/08/15

山中に木ありて木には枝ありて枝に一羽を止まらせている

石田比呂志『冬湖』（二〇一七年・砂子屋書房）

『冬湖』は、石田比呂志の最終歌集。七回忌にあたって阿木津英によって編まれた。石田は生前、どこまでが本当なのか、煙に巻かれてしまうような噺家顔負けの話し上手だった。『冬湖』においても最後まで言葉を巧みに操っている。〈湖に浮く鴨と湖岸にふくだめる鴨あり湖に浮く鴨寒し〉〈如月の風吹く湖に着水の鴨あり戻り来ぬ鴨のあり〉をふくむ絶詠があり、晩年の寂寥を歌に刻んでいる。また「孑孑記」と題する未完の自伝、地方素封家の没落の物語は、講談を聞いているような石田節だ。

引用の歌は、「未定稿歌抄三十九首」として巻末に収められた中のものである。この一連は、作者にしてはカジュアルな内面を晒している歌が多く、わたしはしみじみと読んだ。山は、獣や虫や草や苔など、たくさんの生物を抱き込んでいる。その一つとして、歌は鳥を描いている。大きな自然に、「一羽」が「そこにいてよいのだ」と承認されている。鳥は居場所を得ている。居場所＝存在は、作者がながく求めたものであった。

あぱーとの窓を開きて夕空を一人眺めている男あり
足二つ歩み来りて理髪屋の鏡の中にしばらく映る

静かで寂しいが、自己肯定の安らかさが感じられる。

2017/08/17

口ふれし水の感じをたもてれど離《さか》りきていまとほき粗沢《あらさは》

遠山光栄『褐色の実』（一九五六年・第三書房）

「粗沢」は固有名詞ではなく、人の手の入らない自然のままの沢の意味。他の歌に「粗沢」は蛇骨川だと歌われている。箱根の宮ノ下をながれる早川の支流である。自然の渓流を渡り、山道を散策した折の様子が歌われた「激ち」一連の中の一首。宿に帰った折に今日の行程を反芻している。

渓流の水を掬って口に含んだのだろう、口がまだ、そのときの「水の感じ」を覚えているという。ふだん、美味いとか不味いとかいう水の味は、言葉で他に伝えるのが難しい。水自体の味ももちろんだが、水の味は、環境や温感や体調などが複雑に入り交じって感じられるからだ。この歌は、触覚の記憶から一日歩いてきた体の、心地よい疲れを味わっている。「ああ、よく歩いたなあ」と、沢の流れを思い浮かべるときの息づかいが、柔らかく懇ろに感じられる。

やがてわが頭蓋も浸りゆくべくて冥《くら》きなかより水のおとたつ
インク壺を机のうへに置きなほすわが手より夜のおとたつに似て
硝子窓へだててしぶく雨の音よくきけば遠きあたりにもする

『褐色の実』には、音に耳を澄ましている作者がよく出てくる。視覚より聴覚によって物事をとらえてゆくタイプであることが、身体性をつよく感じさせる。

2017/08/19

しろじろとペンキ塗られし朝をゆきこの清潔さ不安なばかり

斎藤　史『うたのゆくへ』（一九五三年・長谷川書房）

『うたのゆくへ』は一九四八年から一九五二年までに作成された作品を収録している。「後記」に「東京から疎開ぐらし満三年半ののち、村の林檎倉庫の部屋を（昭和）二四年に出て長野市に棲むようになりました」とある。山国の厳しい暮しの日々に、自己の内面を凝視する。

信州に限ったことではなかったが、戦時中、このあたりの土塀や土蔵の白壁は、空襲の標的にならないように、ことごとく黒く塗りつぶされた。灯火管制のもと、光が外へ漏れないよう夜間は電球を黒い布で覆いながら息を潜めて暮らしたそうだ。黒く汚されたままの壁が、八〇年代くらいまではところどころに残っていたものだ。終戦体験のもっとも印象に残っていることを訊くと、部屋を灯す夜の明るさだと応える人が、わたしの周りに何人もいた。暗さに慣れてしまった目に、明るさはどんなものだったろうかと、ときどき想いめぐらす。

掲出の歌の「しろじろとペンキ塗られし」は、如上のような事実を下敷きにしたものと推測される。しかし、鑑賞は必ずしもそういう事実を踏まえなくてもよいと思う。汚れのない純白は、精神の緊張と不安を引き起こす。「ペンキ」が、それを表して効果的。人工的で平板。表情がない。

風雪に嚙まれたる樹の白白と霧の中に在るは我をおびえしむ
白きうさぎ雪の山より出でて来て殺されたれば眼《め》を開き居り
風は己れの音を聴き雪己れの色を視るいづれ非情の顔つきのまま

「白」の清潔は、プラスの価値として捉えられることが多いが、同時に怖れや不安や極限の緊張を引き起こすものでもある。

2017/08/22

陸奥《みちのく》をふたわけざまに聳《そび》えたまふ蔵王の山の雲の中に立つ

斎藤茂吉『白桃』(一九四二年・岩波書店)

「六月四日、舎弟高橋四郎兵衛が企てのままに蔵王山頂歌碑の一首を作りて送る」という詞書をもつこの歌の碑が、蔵王山頂にあると知ってから、ぜひ一度行ってみたいと思っていた。それがこの夏、ようやく実現した。上山駅からバスで約一時間、リフトに乗り替え火口湖「お釜」を見下ろせる場所へ。そこから「馬の背」と呼ばれる山道を五十分ほど歩いたところに歌碑はたつ。晴天ならば素晴らしい景色が広がるところだが、当日は生憎の雨で、「お釜」も見えず、全身ずぶぬれになって山頂に着いた。歌碑のとなりには熊野丘熊野神社がまつられている。周囲は真っ白。はたして「雲の中に立つ」そのものではあった。

『作歌四十年』で茂吉は次のように書いている。「歌碑建立はそのころ歌壇の流行になっていたのでこういう企ては尽く拒絶していたところ、梧竹翁の富士山上碑もあるのに、朝晩仰いで育った蔵王のお山に歌碑を建てない法はないと説得せられ、ついにこの一首を作った。『聳えたまふ』は、この山は出羽三山の『西のお山』に対して、『東のお山』であり、女人禁制の神山であったからである。歌碑のことを舎弟らはウタヅカと称している。石工鈴木惣兵衛精進潔斎、蔵王ヒュッテに宿泊して日々山上に通い、八月二九日、雲霧濛々たる中にその建立を成就したのであった」。「梧竹翁」は書聖といわれた中林梧竹。今は、上山だけでも多くの茂吉歌碑がたっているが、茂吉の生前に建てられたのは山頂歌碑一つであるという。簡単には世間の流行に乗らない。それにしても、「拒絶していた」と言いつつもどこか誇らしそうである。

茂吉の生家は「お山」への信仰心があつく、少年茂吉も父にともなわれて出羽三山に参っている。上山の土地が育んだ精神文化が、茂吉の歌と深く結びついている。

われもかく育《そだ》ちしおもほゆをさなきが衣寒《ころもさむ》らに雪のへに遊ぶ

ただひとつ惜《を》しみて置きし白桃《しろもも》のゆたけきを吾は食ひをはりけり

身辺の素材を歌いつつ、「写生」の語だけでは括れない、高い精神性を感じさせる。

2017/08/24

安曇野と筑摩野分けて夜の明けを白く遙けく梓川見ゆ

窪田章一郎『槻嫩葉』（一九八三年・新星書房）

茂吉の歌に続いて、もう一つ歌碑に刻まれた歌。歌碑建立の是非については、否定的な意見もある。たしかに功績自慢や自己主張が鼻につくこともある。しかし、縁ある人が訪ね、歌の深さを発見することがある。刻まれる歌は、代表作として知られていることもあるが、一般に、歌集の中ではとくに目立たないが、その地に立って読むと印象の強い歌が多い。掲出の歌碑は、松本市の真言宗智山派の寺院牛伏寺の境内にある。鉢伏山の中腹にある牛伏寺は、修験道と密接な関係をもつ古刹で、いまなお深淵な趣がある。

作者は、やや高い所から夜明けの梓川を俯瞰している。歌集で読んだときには、地形の説明をしているだけだと思ったが、碑の前に立ってみると、周囲に広がる境内の趣に、土地への親密さが喚起される。土地＝場所の中に歌の言葉が置かれるのである。歌は読む人によって情感や解釈が異なるのはいうまでもないが、土地＝場所には、それを包摂する豊かさがある。

作者は、父である窪田空穂の故郷に特別な親しみを持っていた。梓川は松本盆地を流れる川で、川を挟んで北西部が安曇野、南側が筑摩野である。作者はこの地に生きた祖を偲んでいるのだろう。

今日を在るわれを思へば亡き親のおもひぞ重く身にこもりたる
親ありて故郷はあり子の子なるわが故郷もここぞとおもふ
槻落葉つむ屋根の上ひねもすを降りつぐ氷雨の音柔らかし

作者、七十代の境涯である。

2017/08/26

鷺のかげ湖岸の砂に淡かりき少し離れて二羽又一羽

大河原惇行『鷺の影』（二〇一五年・不識書院）

「あとがき」に、『鷺の影』の歌の多くは「身辺詠」で、大きな出来事は、自身の病気と東日本大震災であるとある。その大きな出来事を縫うように、鷺の歌が配されている。忘れた頃に、という感じで歌われる。鷺は、孤独で寂しく、水に映る影を曳いてひっそりとたたずんでいる。引用の歌の「淡かりき」は、存在の淡さに通じていよう。結句の「二羽又一羽」が実に巧み。生きるということの重みを思わせる。たしかに、3・11以降、直接の被害者ではない人々も含めて、日本社会は、掛け声だけではどうにもならない崩壊感覚を味わったのだった。

作者は小暮政次を師として、作歌の理念を「アララギ」の「写生」にもとめ、一九九七年十二月に「アララギ」が廃刊されたのち、「短歌21世紀」を興し主宰している。詠風は「アララギ」の系譜らしく簡素清潔である。「身辺詠」といえばそれにちがいないが、社会的事象と人間の生きる姿勢に強い関心を示し、単なる身辺の写実ではなく、しみじみとした境涯を感じさせる。

足黒くゆらぐ流れに影立てり鷺は一切《いっさい》にふれず孤独に
四階に母が居ること思ひつつまたわが眠る昼過ぎてより

雉鳩がいつまでも梢に止まりをり飯終へてよりわれは見てゐき

命の危うさや心情の揺れなど、言語化しえない諸々の気分を、一首の内部に引き寄せる。それが、巧みな語の斡旋によって表出されている点、注目してよい。正岡子規以来、「アララギ」によって培われてきた系譜が思われる。

2017/08/29

飼い主にしたがう犬が家々のこぼれ灯拾い夕暮れを行く

沖ななも『白湯』(二〇一五年・北冬舎)

わたしの家の近くに大きなホームセンターが建ち、その隅にペットコーナーが出来た。そのペットコーナーの床面積がまたたくうちに広がり品揃えも充実していった。目を見張るような変化を見たのちに散歩にゆくと、途中で出会う犬たちの様子も変化していた。小型犬が増えた。犬が品行方正でおとなしくなった。

よく躾けられて飼い主に従順な犬はもちろん好ましいことだが、見方によっては野生を撓められているようで、寂しい光景でもあるだろう。頼るもののない野犬と比べれば、飼犬は清潔で安定した日々が保証されているのだが、はたしてそれでいいのか、と作者は人間的な観点を重ねる。下句の「こぼれ灯拾い夕暮れを行く」という描写に、作者のそのような問いが感じられる。

自転車によりかかられて槻木《つきのき》のすこしく機嫌を損ねるらしき
身の嵩をすべりこませて身の嵩の場を得る満員電車の隅に
笑顔にて近づきて来る男あり笑顔のままに通りすぎたり

「自転車によりかかられて」のフレーズが「革命歌作詞家に凭りかかられて」をちょっと思い出させるなど、作者は言葉のイメージ喚起力への関心がつよい。それを表現主義的視線といっていいように思う。平成の世の槻木は溶解したりせず、不快感を表すだけで、内容は対照的であるが。作者は、歌われる対象に感情移入をせず、描写し、批評する。加藤克巳の主宰した「個性」解散後、後継誌「熾」を率いている。

2017/08/31

くしゃっ、って笑うあなたがまぶしくてアップルパイのケースさみどり

野口あや子『くびすじの欠片』（二〇〇九年・短歌研究社）

この歌だけをみれば、「あなた」は友達とも考えられるが、前後の歌からすると淡い恋愛感情だろう。アップルパイをプレゼントされた。あるいは、明るい街の喫茶室でお喋りを楽しんでいる。恋人というにはちょっと間のある感じである。笑う表情を「くしゃっ」というオノマトペで表している点、鮮やかな印象を残す。

一般に短歌作品の登場人物は、実生活で人はそんなに笑うのかと思うほどよく笑う。しかし、笑顔の表現は案外むずかしいものだ。画一的になってしまう。この歌の「あなた」は照れたのか困ったのか、大笑いするでもなく、一瞬表情を崩す。オノマトペが「あなた」の心の揺れを、解釈を加えずにそのまま伝えている。

オノマトペは、言語化以前の内容を、音の感触をもって伝える。説明的ニュアンスを避けることができる。だが、どういうわけか、作歌の手法としてマニュアル化されたオノマトペはあまり面白くない。両者の違いがどこにあるのかわからないが、掲出の歌は、実に自然に、「あなた」の表情や「あなた」との関係を捉えている。

やわらかな日差しのなかでにょにょにょにょにょと寝起きみたいなソフトクリーム
くびすじをすきといわれたその日からくびすじはそらしかたをおぼえる
もういいね許していいね下敷きを反らせてみたら海に似ている

読んでいると、若い日々には誰でもが感じていたであろう、鋭敏な身体感覚が思い出される。ただし、感じることを誰でも表現できるのではない。

2017/09/02

たんぽぽがたんぽるぽるになったよう姓が変わったあとの世界は

雪舟えま『たんぽるぽる』(二〇一一年・短歌研究社)

姓が変わる事情はいろいろ考えられる。養子に行ったり、結婚したり、離婚したり。すぐ思いつくのは結婚かと思う。今日でも多くは、女性が男性の姓を名乗るようになるらしい。姓のことだけを考えても結婚制度には重い問題が絡まり易いが、そういうことは横に置き、この歌では、もっと直接的な変化、一度だけの生き生きとしたリアルな皮膚感覚が表現されている。

姓が変わって、「○○さん」と呼ばれる。「あら、それはわたしのことかしら」と思う。「そうだった。わたしは○○になったのだ」と自己認識を更新する。それは外界との関係が更新されたようで、以前と同じであるはずの事や物が、少しずつ表情をかえて目の前に現れる。

「たんぽぽ」が「たんぽるぽる」になったというのは、輪郭が、ちょっと複雑に、ちょっと柔らかく、ちょっと重たくなったのだろうか。新居を構えるなどという言い方とは対照的に、軽やかに直接かつシンボリックな表現である。

目がさめるだけでうれしい　人間がつくったものでは空港がすき
温度の不安定なシャワーのたびに思い出すひととなるのだろう
人類のある朝傘が降ってきてみんなとっても似合っているわ

「人間」「思い出すひと」「人類」と、主題は人に関わっているが、作歌の現場に実在の人がいるのではない。一首は、概念と作者の感覚とでできている。それゆえ軽く自由で、読者の右脳を刺激する。

2017/09/05

バスを待つ女生徒たちのその太き脚は、秋たけて葡萄踏む脚

松平修文『トゥオネラ』(二〇一七年・ながらみ書房)

知人が退職後にはじめた葡萄園から電話がくるようになって久しい。九月のはじめ、今年は天候不順で、思うような出来映えではないが採りに来ないかという。この報せが来ると、わたしの気分はいっきに秋色を深める。

西洋絵画に描かれる葡萄は、秋の豊かな収穫の象徴としての意味をもっている。筋骨たくましいバッカスは葡萄の栽培法と葡萄酒の製法を世界に広めた酒の神である。掲出の歌の「葡萄」はそのような意味の上にあり、したがって「葡萄踏む」は、村人が収穫した大量の葡萄を素足で踏むという、古風なワイン造りの場面。大地の恵みである収穫を喜ぶとともに、労働の活力、生命の力強さが横溢する場面である。

バス停に並んでいる女生徒たちの脚は、若く力強く逞しくエロスをたたえていたのだろう。消え入るような楚々とした女の図像からは遠い。地を踏みしめ新しい命を生む女として捉えられている。短歌に、このような女性像は珍しいと思う。

街へ行きしや森へ行きしや　明け方に戻り跛犬《びつこいぬ》傾きつつ水を飲む
化粧は霧がしてくれるので夜明けがた勝手口から出て森へ行く
暗き森をさ迷ひゐしや、目覚めし老母《はは》は明りをつけてくれぬかと言ふ

『トゥオネラ』は、第一歌集『水村』で注目された作者の第五歌集である。「水」は作者の大切な主題であったが、「水」とともに大切なキーワードが「森」。犬も女も老母も、「森」と「街」を往来している。「葡萄」と同様に、象徴性が高いことはいうまでもない。

2017/09/07

除草用ヤギを貸出す広告に立ち止まりたり「食べつくします」

吉村明美『幸福な日々』（二〇一七年・本阿弥書店）

近くの土手まで歩く途中、異様に草が枯れている一画がある。除草剤を撒いたのだと思うと、薬品による土壌汚染が進んでいるのではないかという思いにかられ、早く立ち去ることにしている。掲出の一首を読んだとき、このようにすれば、山羊の飼主も土地の持主も、安全で一挙両得というものではないかと感心した。

しかしこの歌の眼目は、わたしが感心したようなことではない。貸山羊の商品化を思いつき広告をする商業主義のアイデアと、「食べつくします」の大仰な語感がもたらす嘘っぽさにある。それを実にシャープに切り取って見せる。「〜つくす」は、「焼きつくす」「読みつくす」など、行為の徹底的な遂行を表す。山羊がひたすら息もつかずに草を食べる姿や、山羊の去った後の一本の草も生えていない地面を想像すると、漫画のようで何だか可笑しい。

シミーズの裾を銜えて夏の昼写真の中の二歳のわたし
本物と偽物ありて京都人代々住もうてほんまもんどす
癌告知受けてこの世の面白さかけがえなくて我よく笑う

批評的というのだろうか、作者は、いかなるときも客観的な、つまり外部からの視点をもって、見て、考え、思う。湿潤な感情に浸りこむことを注意深く回避しているようだ。「この世の面白さ」は、そういう目によってとらえられ、ユーモアやペーソスを生む。「よく笑う」が軽く歌っているようで、人生の深みを思わせる。

2017/09/09

すっくりと秋冥菊が咲きだして姉なき今年の秋がはじまる

久々湊盈子『世界黄昏』（二〇一七年・砂子屋書房）

秋冥菊は、秋明菊とも表記され、中国原産のキンポウゲ科の植物。秋になると可憐な花を咲かせる。「冥」を「明」と書くのは、「シネラリア」を「サイネリア」と言いかえたり、「梨の実」を「有りの実」と言ったりするに通じている。ここでは、作者は「姉なき今年の秋」と照応させるために、あえて「冥」の字を使っているのだろう。近親者を亡くした直後の寂寥と、樹木が余剰を削ぎ落として行く秋のひんやりとした肌触りが、一首のなかで重なる。

作者七十歳を迎えての「姉の死」は歌集一冊の主旋律。作者に深い悲しみを齎したことはいうまでもないが、それればかりではなく、やがて来る自身の死を予感させる出来事であり、人間の生涯について、さらにもっと広く世界の抱えている危うさを思う契機となっている。

吸いしことなきマチュピチュの空気飲みしことなきヒマラヤの水思いて眠る
深々と翳《かげ》けたる部分を抱きつつ昇りくる月あれはわたくし
エスカレーター乗り継ぎくだる日本の国会議事堂前駅　深い穴

歌には人間社会が多く歌われ、情緒的な味わいを誘発するが、際やかに言い切る文体のためだろう、重い内容のわりに読者に凭れかかる息苦しさがない。思い切りのよさが、身辺の素材を作品内に巧く取り入れる。

2017/09/12

古屋根に雨ふる駅の小暗さがのどもと深く入りくるなり

松村正直『風のおとうと』（二〇一七年・六花書林）

駅には、東京駅のような、建物というよりもはや一つの街であるかと思わせる駅もあり、ほとんど乗降客のいない無人駅もある。ここで歌われている駅は、無人駅といわないまでも、後者に近い感じである。「古屋根」というから、駅も古いのだろう。「小暗さ」を溜めている。この、喉元へ深く入ってくる「小暗さ」とは何だろうか。

投げ入れる人間あれば見えねども空井戸の底に石は増えゆく

中心でありし場所からひときれの切られしピザを食べ始めたり

『風のおとうと』にはこのような歌もあって、作者は見えないものの存在に強い関心を傾けている。存在を形作るものは〈記憶〉。業績中心的な思考によって紡がれる〈歴史〉とはちょっと違う。『風のおとうと』の作者にとって、外界のモノやコトは、作者の思考や感情を表現するための道具ではない。モノにはモノの〈記憶〉があり、コトにはコトの〈記憶〉があり、それを発見してゆく過程を思わせる歌集である。「空井戸」や「ドザ」には、それぞれ、それ自体の〈記憶〉がある。不思議なことに、読者のわたしは、そのような思考に出会うと、わたしの周囲のモノやコトに親しみを覚える。自己を縛っている対立意識から解放されるような気がするのである。

掲出歌の、駅の「小暗さ」は、たぶん駅の〈記憶〉だろう。どのように小さくても、もうすでに機能していなくても、駅には駅の〈記憶〉が内包されている。そのような〈記憶〉と接触した感じが「のどもと深く入りくるなり」なのだ。

一九八〇年代に、赤瀬川原平や南伸坊の路上観察隊という活動があった。もう機能してはいないが、今も路上に残っている痕跡情報を、トマソン物件と称し、収集して〈記憶〉を掘り起こすというものだ。この歌集にはそれに通じるところがある。

車輪すべて通過せしのちしずみたる枕木はもとの位置にもどりぬ

一見、変哲なく見える存在も、動き、活動し〈記憶〉を内蔵してゆくのである。

2017/09/14

薄日さすしろい小皿に今朝もまたUSBを置く静かに

千種創一『砂丘律』(二〇一五年・青磁社)

現代人にとっての〈記憶〉は、かつてのそれとは違う気がする。人間に内在するイメージから世界に遍在するイメージになりつつある。一つは、人間ではないものが担う〈記憶〉の領域が拡大していることにあるだろう。〈記憶〉は、人間一人一人の所有ではなく、他の生物や物質と共有するものになってゆく。USBは共有を思わせる顕著な例である。それは、かつては紙に手書きしていた会議録のような〈記録〉ではなく、会議の〈記憶〉という方が相応しい。

掲出の歌が、そうと書いてないにもかかわらず、どこかひんやりとして物質的に感じられるのは、かつての〈記録〉と対立させてイメージするためだろうか。「しろい小皿」の淡い光の中に、PCから外されたUSBが、世界から切り離され孤立しているように見える。

修辞とは鎧ではない　弓ひけばそのための筋《きん》、そのための骨《こつ》
新市街にアザーンが響きやまなくてすでに記憶のような夕焼け
告げている、砂漠で限りなく淡い虹みたことを、ドア閉めながら

作者は卒業ののちアラビアに滞在し、インターネットを駆使して作歌したという。青春期の恋が歌われ、「修辞」や「砂漠」が歌われる。作者は「感情を残すということは、それは、とても畏れるべき行為だ」(「あとがき」)という。いうまでもないが〈記憶〉は知的な蓄積だけではない。〈記憶〉への拘りがとてもよくわかる。

2017/09/16

うしろより『わ』とおどせしに、
先方の、おどろかざりし、
ごとき寂しさ。

土岐哀果『黄昏に』(一九一二年・東雲堂書店)

驚かしたり驚かされたりして、子どもの頃は友人と心の距離を縮めていったものだ。驚かすのは

悪意でなく親近感。「おどろいた?」「うん、びっくりしたなあ」などと言いながら、学校帰りの道を歩くのである。「一緒にかえろう」と呼びかけてもいいが、それでは平凡。無邪気な悪戯でちょっと気分を波立たせてみたい。だが、思うようにいくとは限らない。この歌では目論見が外れた。一瞬のことだが、浅はかな自分を思い知らされたようで、空回りした自分の処分に困る。その心境が比喩として使われた一首である。平易に歌われているが、微妙な心の動きを捉えている。

土岐善麿は、若い時期に、湖友、哀果という筆名をつかい、のち本名の善麿で執筆した。金子薫園の「白菊会」に拠ったが、やがてそこを離れ、牧水、啄木、迢空をはじめとして幅広く交流をひろげた。また大杉栄や荒畑寒村などの社会主義者とのつながりもあったと同時に、能や香道といった伝統的教養への造詣が深かった。時代の新しい動きを察知した知識人だった。

秋《あき》の風《かぜ》、
人《ひと》のことばのはじばしの、気《き》にさはるたび、
口笛《くちぶえ》をふく。

焼跡《やけあと》の煉瓦《れんぐわ》のうへに、
小便《せうべん》をすれば、しみじみ、
秋《あき》の気《き》がする。

『黄昏に』は短歌の可能性を模索して書かれた三行書き。啄木も三行書きを試みているが、読後の印象は異なる。比較してみると面白い。

2017/09/19

食堂の黄なる硝子をさしのぞく山羊《やぎ》の眼のごと秋はなつかし

北原白秋『桐の花』（一九一三年・東雲堂書店）

秋の到来を感じる契機はさまざま。例えばサトウハチロー作詞・中田喜直作曲の童謡「ちいさい秋みつけた」では、口笛、百舌の声、くもりガラス、ミルク、風見鳥、櫨の葉が出てくる。童謡ではあるが歌ってみると何だか寂しい。対してこの歌で、白秋は「秋はなつかし」という。四句までが「秋」のイメージである。

「なつかし」とはどんな感情だろう。広辞苑を引くと①親しみがもてる。②心がひかれるさまである。③かわいい。④思い出されてしたわしいとあった。つまり、気持ちがそちらの方へ動くことをいう。発見した「秋」に、やわらかな愛しさを感じているように思われる。食堂の色ガラスを覗きこんでいる山羊の、澄んで細い瞳に感じる人懐こさと、「秋」に感じる親しみに、相通じるものがあるというのである。ひんやりと明るく、爽やかに秋がやってきた。

『桐の花』は、前半と後半に別れている。後半は事実にそった配列になっているが、前半は、はじめの章「銀笛哀慕調」の歌は春夏秋冬の順に並ぶ。次から章ごとに「初夏晩春」「薄明の時」「雨のあとさき」「愁思五章」「春を待つ間」「白き露台」、つまり四季にそって編集されている。掲出の一首は、「愁思五章」にある。

クリスチナ・ロセチが頭巾かぶせまし秋のはじめの母の横顔
ひいやりと剃刀《かみそり》ひとつ落ちてあり鶏頭の花黄なる庭さき
武蔵野のだんだん畑の唐辛子いまあかあかと刈り干しにけれ

外界に触れる感覚が、鋭く繊細である。色彩、温感、語感が、華やかながら痛覚をも呼ぶかのようだ。

2017/09/21

氷売るこゑもいつしか聞きたえて巷《ちまた》のやなぎ秋風ぞ吹く

落合直文『萩之家歌集』(一九〇六年・明治書院)

落合直文は和歌改良を目ざして、一八九三年(明治二十六)に「あさ香社」を創立し、近代短歌革新の一翼を担うことになる若い俊秀を多く集めた。与謝野鉄幹、服部躬治、金子薫園、尾上柴舟たちである。自身の作風は革新的ではなかったが、新しい時代の和歌の形を模索した。

現在、歌人は次々に歌集を編むが、直文のころ、生前に歌集を上梓するのは一般的でなく、亡くなった後に、弟子や親しい者、あるいは遺族によってまとめられることが多かった。『萩之家歌集』も、子息落合直幸による遺歌集である。読んでゆくと、作風が和歌から短歌へと移り変わる様子がよくわかる。

『現代短歌大事典』(三省堂)によれば、作風の変化は、国学的、国士的感慨の第一期、王朝文学世界を歌った第二期、子どもや生活を歌った第三期に分けられるという(藤岡武雄筆)。引用の歌は、「市立秋」の題詠である。第二期のものであるが、王朝風というにとどまらず、市井の秋の気配にもとづいているように思われる。暑い中、氷や風鈴や金魚を売り歩く賑やかな人声は、夏の風物となっていたのであったろう。その声が途絶える。聞こえていたものが聞こえなくなったことに気づく。

秋が深まってゆく。

をさな子が手もとどくべく見ゆるかなあまりに藤のふさながくして
小瓶《をがめ》をば机の上にのせたれどまだまだ長ししら藤の花
をとめらが泳ぎしあとの遠浅《とほあさ》に浮環《うきわ》のごとき月うかびいでぬ

藤の花をめでる美意識は、絵画においても文学においても造園おいても日本文化の中ではぐくまれた。和歌から短歌への直文の歌を、有名な正岡子規の〈瓶にさす藤の花ぶさみじかければたたみの上にとどかざりけり〉と並べ比べると近代短歌への推移が見える。

2017/09/23

鳥語　星語　草語さやかに秋立ちて晴れ女われの耳立ちにけり

松川洋子『月とマザーグース』（二〇一二年・本阿弥書店）

作者は北海道に住む。『月とマザーグース』を読んでいると、いわゆる日本の四季を前提にして捉えられる概念とは違う季節の巡りがとらえられていると気づく。かならずしも風土に因るものではないかもしれないが、どこかスケールが大きい。発想が自由である。

言語は人類を他と区別するもっとも大きな特色とされる交流手段だが、種には他の種にはわからない会話があるだろうと、作者は空想している。人間の考える言語とは違うかもしれないが、鳥には「鳥語」、星には「星語」、草には「草語」があり会話している。モノ同士にも交流があると考える。童心を忘れないでいるともいえるが、そう言って通り過ぎる気にならない。それは、生きて来た時間が作者につちかった思想だと思われる。鳥と会話を交わしたというアッシジの聖フランチェスコの話を思い出した。

昆虫のおほかたは武者の顔をしてのっぺり顔のヒトを無視する
きみは月派と問はれしはきのふ　昨日とは六十年前戦止みし日
大魚ほど深く沈むと理《ことわり》に沈んだままの彼の人いかに

歌集の視点は多角的だ。人間は、世界に生きる生命体、植物や動物の中の一つの種として捉えられている。だから、社会や歴史に対する関心も範囲が広く、思考が人間中心主義に陥らずにいる。平易な表現に籠められている思想が、読者にものを深く思わせる。

2017/09/26

けったいなしぶい子やつたそれがかうほとりと美味い、渋柿を食ふ

池田はるみ『正座』（二〇一六年・青磁社）

何十年も前、一緒に新幹線に乗ってお喋りをしていた関西出身の友人が、関東と関西の違いを力説していたことがある。わたしは首都圏を出たことがないので、どこがどう違うのか分からなかった。ほんとうのところは今でも分からない。だから、関西言葉がとても新鮮。標準語では言い表せないニュアンスを、するりと言ってのける。つくづく標準語は味気ないと思う。

作者は長く東京に住んでいるが、大阪の出身。大阪弁を歌に上手くとりこんでいるというだけでなく、言葉の行き交いを楽しみながら、するりと核心へ読者をみちびくところが、関西文化に疎いわたしには、土地言葉が内蔵する力だと思える。

三人の孫を得て父母から孫へという命を、「死を受け入れている」自分が見ていると、「あとがき」にあり、たしかに孫の歌が多い。しかし一般の孫の歌と違って、人生の豊饒が感じられる。引用歌は渋柿の旨味をたっぷりと味わっている。この歌の「子」は柿だが、人間だって同じだと言いたいのだろう。「けったいなしぶい子」の味わいだ。

へつこんだアルミの鍋の両取手ぐわつとつかみき戦後の母は

遠い遠いロシア革命　大鵬の父をおもへば灯りのごとし

おととしは知らないひとだが婚姻によりて集へる人とはなりぬ

作者は短歌界きっての相撲通である。『遠い遠いロシア』の歌は、連作「大鵬とその父」から。歴史や時代や生きる哀歓がこめられる。

2017/09/28

中垣のとなりの花の散る見てもつらきは春のあらしなりけり

樋口一葉『一葉歌集』（一九一二年・博文館）

樋口一葉は「たけくらべ」「にごりえ」などの小説で知られた女流作家である。執筆活動のはじめに、旧派和歌による言葉の鍛錬と教養があり、一八九六年（明治二十九）に他界するまで、青春期のほぼ十年間ひたむきに和歌を学んだ。ちょうど旧派和歌が近代短歌に移り変わる時代であり、短歌革新期の旧派和歌の様相がみえる。

周知のように旧派和歌の歌作は題詠による。この題詠は、今日の題詠とは違い、縁語や掛詞を駆使して、古来受け継がれてきた題に基づき、受け継がれてきた美意識を踏まえて詠むものである。したがって内容は予めほぼさだまっている。散る花には終末を惜しむというステロタイプ化された観念が添う。

掲出歌には「丁汝昌が自殺はかたきなれどもいと哀なり、さばかりの豪傑を失ひけんと思ふに、うとましきは戦なり」という詞書がある。丁汝昌は日清戦争時に李鴻章の下で働き敗北の責任をとって自決した軍人である。一葉は、敵将の自決の話も辛いものだ。悪いのは戦争であると、花に喩えて惜しんでいるのである。一八九五年（明治二十八）の作である。敵将の武勇を讃える気風も一つの型であったかもしれないが、それだけでもなく、戦争に対しての開明的な思考が見える。この頃まで、日本国内における中国への尊崇の念はたいへんに高かった。

　　春風従海上来
行く船の煙なびかし吹く風にはるは沖よりくるかとぞ思ふ
　　井蛙
うもれ井のうもれて過す春の日のおもしろげにも鳴く蛙かな
　　語恋
その人の上としいへばよそながら世にかたるさへ嬉しかりけり

近代短歌の金字塔『みだれ髪』刊行は、一葉の没後五年の後であった。

2017/09/30

名残思ふまくらに残る虫の音はゆめの跡とふ心地こそすれ

中島歌子『萩のしつく』（一九〇八年・三宅龍子編集兼発行）

樋口一葉は中島歌子の主宰する歌塾萩の舎で和歌を学んだ。同門に三宅龍子（花圃）がいた。一葉や龍子が通っていたころが萩の舎の全盛期で、歌子は前田家や鍋島家に人脈をもち、数字の根拠はさだかでないが、門下生が千人をこえたという。上流階級の子女に書や和歌を教え文化的嗜みを養った。旧派は次第に時代から取り残されたが、歌子の没後、門下生によって遺歌集が編まれた。

歌集は旧派らしく、春歌、夏歌、秋歌、冬歌、恋歌、雑歌に分類され、掲出の歌は、秋歌にあり題は「枕上虫」、つまり枕の近くに鳴く虫である。枕→夢→消える・儚いというストーリーを虫の声とどのように組み合わせて一首に情緒をかもしだすかが腕のみせどころ。この歌は、秋（＝飽き）の虫がまだ覚めやらぬ夢の名残を偲んでいる。藤原定家の「春の夜の夢の浮橋とだえして……」を連想させる。定家の歌は春、この歌は秋。「名残」に、はかない逢瀬の後をより現実的に感じさせる。夢と現実の境目にいるような気分、一人に立ち戻ったときの寂しさがひんやりと身にしみる。観念だけではなく奥に内実が潜む。中島歌子の前半生は、小説『恋歌』（朝井まかて）に詳しい。水戸藩士天狗党の一人と結婚し、幕末の波乱にみちた時代を生き抜いた。

花前帰鴈
ふるさとの誰にまたれて帰る鴈花につれなき名をはたつらむ

語恋
折々は人もやきくとよそ事にかくることはのはしそあやふき

原本の表記は濁点がない。「名をば」「かくる言葉の端ぞ」と読む。時代に取り残された歌子の歌は、今日では旧派和歌と一括りにされて顧みられることも殆どないが、近代短歌が突然あらわれた訳ではないことを考えさせる。

2017/10/03

波がしら一つに寄せて立ちあがり暗き濁りの岸にとどろく

永井正子『加賀野』(一九九七年・短歌新聞社)

近年、地方創生などといって地域の活性化が唱えられるようになったが、ことさら言挙せずとも風土に根付いた文化や気風は脈々と息づいているのだと思うことがある。『加賀野』は、作者の第四歌集。「あとがき」に「私の住む加賀野は、霊峰白山の麓の広大な穀倉地帯の南を占めています。豊かな沃土は加賀百万石の文化を育て、人々の穏やかな性情をも育んできました」とある。風土への誇りと信頼がうかがえる。それは、旅先での歌における他の土地への接し方にも現れており、風物を懐深く招き入れ、温かい気分を残す。「穏やかな性情」は、それを指しているのだろう。

掲出歌は、「台風一過」の小題の中にある。日本海の荒波を歌ったものと思われる。程よい距離感をもって描かれた自然の様は厳しく、人を寄せ付けない力感に満ちているが、そうした自然をこの土地の人々は受け入れてきたのであろう。「とどろく」波音が聞こえてくるようではないか。

沈む日に胸のあばらの透くるごと立ちて釣るかげ渚にひとり
蜘蛛の巣を払ふ木下に阿羅漢の笑ふと見えて二つ下がり目
あひ打ちていづれ崩るる流氷の余る力の船を押し上ぐ

風景を歌うのでもなく、人間を歌うのでもなく、風景と人間の力の均衡を見る目がある。対象を捉えるときの視線に、厳しさと折り合いながら生きて来た人間たちの奥深さが光る。感情過多に陥らず、冷徹に突き放すのでもない享受のありかたは、作者個人のものでありながら、風土の中の人間たちに培われてきた、目に見えない伝承のように感じられた。

2017/10/05

無花果の果実ざくりと開かれて雨の市場に身をさらしをり

服部　崇『ドードー鳥の骨 - 巴里歌篇』(二〇一七年・ながらみ書房)

果物売り場に無花果が並ぶ季節である。割に栽培が容易だそうで、農家の庭先などに植えられている無花果の木をよく見かける。ワイン煮にすると美味。無花果はアラビア原産の果実で、古くから栽培されてきたという。一七世紀に、ペルシャから中国を経て日本の長崎に渡来した。西洋での栽培植物としては一万年以上の歴史があるともいわれ、林檎のかわりに「禁断の果実」とされ、女性の性的隠喩と考えられたこともあったそうだ。

掲出の歌は、〈中世のみづを湛へてプロヴァンの水路は夜の暗渠に続く〉の次に、小題「プロヴァンの水路」のはじめに置かれている。プロヴァンは、フランスのセーヌ＝エ＝マルヌ県の、世界遺産に登録された中世市場都市。

三年間のパリ赴任の間の見聞になる『ドードー鳥の骨 - 巴里歌篇』の中で、この一首を読むと、日本で見知った無花果のような果物でも、市場のスケッチに日本国内とは違った感触があり、結果的に、絵画や文学に受け継がれてきた文化的背景が付与されるように思う。西洋の厚みに触れる感じだ。

ザリガニのハサミに指を挟まれて四百年のカラバァジョの絵
アコーディオンの男降りゆく一駅の間をあかるき曲弾きをへて
行きつけのカフェの給仕と初めての握手を交はすテロの翌朝

巻末の解説で谷岡亜紀が、「街角の思索者」の趣があると言っている。なるほどと首肯した。

2017/10/07

馬上とはあきかぜを聴く高さなりパドックをゆるく行く馬と人

小島ゆかり『馬上』(二〇一六年・現代短歌社)

秋の到来は、皮膚感覚からやって来る。まだ暑さの残る陽射しの中に、乾いて涼しい風がふっと膚をなでていくと、もう秋なのだと空を見上げる。引用の歌の秋はもう少し深まっているらしい。馬も、馬上の人も、それを見ている作者も、秋の中にいる。連作「馬上」の中の一首で、作者は信濃の草競馬を見に来たのである。競馬というからには真剣勝負に違いないが、大観衆に囲まれた中央競馬のような緊迫はなく、土の匂いのする伸びやかな競馬である。その馬の背で聞く秋風の音を想像する。あそこはきっと秋風の音がよく聞こえるだろうと。一連には、〈あきかぜの馬上をおりて歩み出す人にしたがふ人間の影〉や〈西空に血のいろさして馬と人と顔を寄せ合ひ帰りゆくなり〉などがあり、季節と馬と人との交感がある。

前の人の体温残るタクシーにふかくすわりて体温残す
ちる花におくれて風にきづくときわたしも風のなかなるひと木
「前世のどこかで一度蜂でした」といふ人ありてみな空を見る

『馬上』は、介護につづく父の最期も歌われており、実生活はなかなかに大変だったろうと推察されるが、間に差し挟まれる人懐かしい歌が心に沁みた。タクシーの「前の人」とは顔を合わせるわけではないが、それゆえに、「前の人」として抽象的実在を生み出す。自覚のないままに、人は人と交感し繋がっている。社会とはそういうものだろう。「わたしも」「みな」など、平易に遣われる言葉ではあるが、歌集一冊の中で読むと、他者との程よい距離を保ちながら、人間の膚のぬくもりを感じさせる言葉であることに気づく。

2017/10/10

遠くまで行った夢だよ　トーストを焼いて渡して連れ合いに言う

三枝昂之『それぞれの桜』（二〇一六年・現代短歌社）

夢の筋道はとりとめないものだが、覚めた後、何がしかの感情を残すものだ。恐怖であったり、悲哀であったり、懐かしさであったり。いずれにせよ、夢は自己の無意識が生み出すものだから、説明のつかない感情であっても、自分に潜むものにはちがいない。

引用の歌は、朝、「連れ合い」に、夢の内容を語っている場面である。「トーストを焼いて渡して」という、暮らしの時間にすぐ埋もれて忘れてしまうような、何気ない夫婦の会話である。

「遠く」という距離感は、ひどく主観的だが、それゆえに、いまだ「夢」を曳きずっているときの気分や、言葉のままに受け止めている「連れ合い」との交感が想像される。歌集には〈この丘と決めて二人は移り来ぬさねさしさがみと武蔵の境〉〈子が生まれやがて子が去りこの丘に積もる歳月三十二年〉もある。日常の背後に、過ぎ去った時間への感慨が流れている。

まだ細き白樺の木が立っている創刊号の表紙の野辺に

まず樹々がさわぎはじめて雨走るファミリーマートを丘の起伏を

丘陵の起き伏しに沿うこの町はみな雪を抱く屋根となりたり

「あとがき」で作者は「オランダ・ハーグ派」の絵画に触発されたといっている。手法の発見である。暮らしの周囲に広がる山野を、郊外住宅地の風景として捉えなおしていることがうかがえる。文体が穏やかな気分を運んでくる。

2017/10/12

親にスマホもPSPも取られて良かった自由ですと日誌にあり

染野太朗『人魚』（二〇一六年・角川文化振興財団）

スマホはスマートフォン、PSPはプレイステーションポータブル。携帯とゲーム機である。中国や韓国に比べると日本の普及率は少ないというが、それでも今日、それらに全く縁のない人はあまりいないだろう。青少年にとっては生きる必需品になっている観もある。そうなってくると、楽しい興奮を手に入れるためのツールが、そう広くない交際範囲の中で次第に重荷となってくることもある。

歌の体裁は、教師の立場から第三者的に事象だけが述べられている。生徒は、縛られているという自覚のないままに、スマホやPSPに時間を費やしていたのかもしれないが、親に強引に取り上げられて、「良かった自由です」と日誌に書いた。その場面を切り取ることで、現代社会の奥深くに潜んでいる呻きが、ふっと表に浮き上がった。止めるには他者の介入が必要という現実を、作者は読者の前に、ぐいっと突き出して見せる。歌集中には〈ツイッターを目で追うだけの雪の昼「北から目線」という語に遭いぬ〉の歌もあり、作者はスマホやPSPを一面的に批判しようというのではない。引き起こしている事象の複雑を思い起こさせるのである。

生徒らがいっせいに椅子を持ち上げて机に載せるわが指示ののち
唐揚げと昆布巻きひとつずつのこる食卓　苦しいな家族は
勝つための戦いばかり　音よりもはやく運ばれ花火がひらく

目の前の事象を鮮明に描きながら向う側に社会の様相が広がる。その社会は、問題が複雑に絡み合い、なかなかに生きにくい社会である。

2017/10/14

風鈴の垂れてしづけし戦争に移らん時の静けさに似て

鈴木幸輔『長風』（一九五四年・白玉書房）

毎日の新聞の見出しが危うくなってきた。七十年あまり続いた日本の平和が終るのではないかという気配だ。といっても、戦争を知る世代が減ってゆくなかで、戦後生まれの人々が、戦争がどんな風に始まるのか、簡単にイメージできるものではないだろう。

この歌は、終戦直後に詠まれた。戦前戦中を経て来た目が光る。戦争の始まりは、しいんとした無音の中に密かに進行するのだといっている。「風鈴の垂れてしづけし」は、ただ無音であると言うだけでなく、言論を封殺されて言論人がモノを言わなくなった「静けさ」を思わせる。穏やかな「静けさ」ではなく、抑圧されて不気味な「静けさ」である。作者が肌感覚でそれを知っているためか、言葉に重みがある。

賭をなす人等群れたる街をきて傷のごとくに池は暮れゐる
田の中に動きてやまず女らが神にひれふす如く苗植ゑる
座布団を立ちて綴糸につまづけりこころを覗くごとき瞬間《たまゆら》

幸輔の歌は、みずから「貧困に喘ぐ」というように、苦難に研がれた眼光が、作品に鑿を深く打ち込んでゆく印象をあたえる。きわやかな内実をもっており、言葉が重い。歌集刊行にあたり「友人の宮柊二氏、書店主の鎌田敬止氏、並びに玉城徹、都志見吉秋、上月昭雄氏等の御力をいただいた」（後記）とある。たとえば〈一ぽんの蠟の火に寄り妻子等と生きのびてきし如くに居りぬ〉〈夜半さめて寂しむものに吊るし置く塩鮭あればひとり見てゐる〉などを読むと、当時の交流の濃さがしのばれる。交流は作品の上にも白秋門下相互の影響関係を刻した。

2017/10/17

蒼しずむ檜《ひ》の山の肌黄葉《もみじば》は身をせめぐごと澄みて華やぐ

武川忠一『秋照』（一九八一年・不識書院）

山間地の紅葉が美しい季節になった。紅葉／黄葉の歌は多くあるが、たいていは美しさに着目して歌う。この歌は、四句に「身をせめぐごと」とあり、ただ美しいのではなく、迎える冬に向って身を削り余剰を落してゆく自然のさまが歌われている。華やぎの中に、生きているもの全てが負う存在の哀しさが見つめられている。存在には、もちろん黄葉を見ている作者も含まれる。

作者の代表歌としては、第一歌集『氷湖』の〈ゆずらざるわが狭量を吹きてゆく氷湖の風は雪巻き上げて〉が必ず引かれる。どこかで自己を厳しく凝視する視線が特色である。引用歌は、「黄葉」という小題をもつ連作にあり、木曾馬籠をたずねたときの作だと詞書に説明するが、初期からの自己凝視の先に、この「身をせめぐ」はあるだろう。自然の中に、生の哀しさと美しさを見据える。

先の「ゆずらざる……」の「氷湖」は、故郷諏訪湖をさしているのだが、『氷湖』一冊を読みとおしても固有名詞で歌われていない。実在の諏訪湖ではなく、原郷として抽象化された作者の湖なのである。二十年以上経て、『秋照』では同じ主題が次のように歌われる。

許さざるかの声はする雪道の果てに凍らぬ夜の湖の音
雪明り残る日ぐれの薄氷に沁み透りいる灯《あかり》とおもう
冷えこごりやがて凍りし湖《うみ》のこと思想のごとし冴え冴えとして

極度に抽象化されているが、厳しい自己凝視と透明感が、山国に生きる人々の生の核心にふれる。

2017/10/19

降ってきたよと言いながら窓を閉めてゆく　急に二人の部屋になりゆく

岡崎裕美子『わたくしが樹木であれば』（二〇一七年・青磁社）

何かが切っ掛けで、無自覚だったことが急に意識化されることがある。たとえば、この歌のように。雨が降ってきたので窓を閉める。部屋の中に吹き込む雨を防ぐためだ。それが契機になって部屋の空気感が変わる。「二人になる」ではなく「二人の部屋になる」という。空間の意味が変わるのである。

意識化されるにつれて、「二人」は、場合によってはぎこちなく、あるいは親密に、あるいは気まずくなる。人間ではなく、部屋が話題になっている点、また、「ゆく」が二回繰り返されている点、読み飛ばしそうな言葉の細部に、鋭敏な神経が届いている。

『わたくしが樹木であれば』は、一首一首が、裸の言葉＝世界に直接触ってしまうような、ひりひりした身体感覚を内包している。ひところ歌壇で身体感覚が話題になったことがあったが、身体感覚を歌うことと、言葉が身体性を持つこととは異なる。これは後者。

ライフルを誰かに向けて撃つように傘を広げる真夏の空に

「包んでください」というときふいに華やぎて鞦韆のごと揺れながら待つ

ああこれが森だったのだ　呼び戻す声を後ろに入りぬ、ふかく

読み終って、『わたくしが樹木であれば』と似たものを感じたことがあったなあと考えた。都市の一隅に住む若い女性を主人公にしたフランスかドイツの映画だったと思う。作品内に、背筋を伸ばした自我がまっすぐに立っている。

2017/10/21

秋明菊のひとつの花をめぐり飛び去りて行きたるしじみ蝶ひとつ

小池　光『思川の岸辺』（二〇一五年・角川文化振興財団）

「秋明菊」は菊とはいうがキンポウゲ科だという。菊と同じ季節に咲くのでそう呼ばれているのだろうか。植物名に季節が示され、下句の「しじみ蝶」が、おのずと推移する季節の中に置かれることになる。秋の澄んだ空気の中に、ふうっと現われ過ぎて行った蝶を眺めている一首。

歌は、秋明菊を歌うのでも、しじみ蝶を歌うのでもなく、何かを眺めているときの、気持ちの揺らぎを歌っているのだと思う。言うなれば、過ぎ去ってゆく時間の歌。「しじみ蝶」は小さくて地味な蝶である。多忙な日常であれば、そんなところに目を留めることはない。揺れ動く情感を胸に、何かをひとりで眺めるとき、視線が捉える景色と無関係なことを考えているということはよくある。それを、あえて言葉に置きかえないことで歌が豊かに膨らみ、思いが動く。

蟬のこゑさへも途絶えてまひるあり黒日傘の人あゆむひそけさ
夕つ日は疎林の中にきりこみてその中に在《あ》るひとりをてらす
眼前に落ちて来たりし青柿はひとたび撥ねてふたたび撥ねず

『思川の岸辺』は、言葉のうちに気配が動いている歌集だ。伴侶を失ったのちの日常の些事が、ことさら平易に歌われている。寂しい一人の時間だが、不思議なことに読後に悲壮感が残らない。人間の普遍に触れるからだろう。

2017/10/24

コスモスがもつれて咲いている駅にしゃがめば澱む夕影の中

花山周子『風とマルス』(二〇一四年・青磁社)

歌集標題にあるマルスは「デッサンのモチーフとして何度も描かされた石膏像のマルス」(あとがき)だという。画学生が、光と影で面や立体を精確にとらえる修練をする、あの石膏像である。歌集を読んでゆくと、デッサンのモチーフに鍛えられた作者の目を感じるときがあり、おっと思う。それは、短歌の技法や方法として唱えられてきた写生や写実に、もちろん通じてはいるが、しかしどこか肌触りが違って感じられる。作者と描かれるものとの関係が異なるのだろう。たとえば掲出の歌のコスモスのように、演劇でいう小道具の働きをする気配がない。コスモスは、主題をいうための道具として歌の中に咲いているのではない。

この歌は、「もつれて」が大事である。「もつれて」という語を運んできたのはコスモスをデッサンする目であろう。情を差し挟まずに様態を鮮やかに浮き上がらせている。「もつれて」は、「しゃがむ」「澱む」とともに、鬱屈し内向する自我のありようを、読む者に想像させる。低いアングルから撮った写真のような趣があるのはそのためだろう。

安全ピンに留められている地図一枚の太平洋の広さが弛《たる》む
口笛を吹いて遠くに飛ばされる音を見ていつ顔尖らせて
真っ白なうさぎは伸びて長ながと身体の先に水をなめいる

自分の感情や既成概念にとらわれているわたしたちは、地図や口笛や兎に日々遭遇しているが、このように捉えることがなかなかない。感情や概念の膜を剥がすことは、口でいう程に容易ではない。

2017/10/26

台風の母は海なればゆりかごは大きく大きくそして濃き青

岩井謙一『ノアの時代』（二〇一六年・青磁社）

台風21号が一週間前に記録的大雨を降らせて、大きな被害をもたらしたばかりだが、もう次の大型台風22号が接近しているという。地球温暖化による気象変化が目に見えて迫ってくる。台風被害の報道に接していると、つい人間中心の視点で気象を考えてしまうが、掲出の歌は、ちょっと趣きが違う。

海が大きな揺り籠だという発想は、地球全体を外から眺める大きな観点からうまれる。台風は擬人化され、同じ地球に在るものとして親しく歌われている。歌集には、〈温暖化とう消せぬ火に手をかざし温し温しとみな笑いたり〉〈ほんとうの水惑星になる日までそう遠くないとクジラの鳴けり〉などの歌もあり、人類のもたらした科学文明に深く傷ついてゆく地球への慈しみが感じられる。そこには人間中心的人知を疑う思想がある。

生きること疑わざるは信仰をはるかに超えてインコは黙す
友だちになりたいけれどもうすでに流れてゆけりまた会おう雲
ＩＳに爆弾とされし子の名前書かれておらず新聞たたむ

近代文明を前へ前へと推し進めてきた科学への疑いを、疑いのまま歌うのではなく、わたしたちが失いつつあるもの、忘れてしまうもの、たとえば、インコの黙、束の間の雲、自爆テロに使われた子供の命などへの愛惜として、また怒りとして、人類存続の危機を見通す目をもって歌う。

2017/10/28

ふと思ふ我を見守るあたたかき心に気附かず過ぎしことあらむ

安立スハル『この梅生ずべし』（一九六四年・白玉書房）

この作者は、ふつう日常では目を背けていたいと誰でもが思うような事実を、真向から見据えて、鋭角的に切り込む。「人間の悲惨さは、誰でも知っていることであり、それを自覚することからはじめるというのもあたらしいことではありませんが、やはりそこから出発するほかないのです」（あとがき）という意志が貫かれている。たとえば次のような歌。

階下《した》の老婆はわが姓も名も覚え難しと言ひていつよりか「お二階」と呼ぶ
押売りの閉めてくれざりし戸を閉めに出できて平手打の如き陽を浴ぶ

コンクリートの塀にガラスの破片を植ゑ親しみがたきさまに人棲む

「老婆」「平手打」「塀にガラスの破片を植ゑ」という言葉が示すように、情に流れず、とにかく見据える。読んでいると、「あなた、これを見るのよ」と言われているような押しに圧倒される。とはいっても、露悪的ではない。作者が、真実を求めているからだろう。女性がこれだけ鮮明に断言する言葉を持ち得たことに、わたしはとても感動する。

掲出の一首は、みずからの強靱な意志ゆえに撥ねのけてきた他人の「あたたかき心」があったのではないかと、振り返っている。気付かない、あるいは気付こうとしなかったのは、長い闘病生活や旧家に生まれた矜持などが考えられるが、こうした内省を含んでいるゆえに、皮肉や素っ気なさが光る。〈見も知らぬよその赤子ににつこりと笑みかけられしことの身に沁む〉という歌もある。「身に沁む」に実感がこもる。

2017/10/31

柿の実のびつしりとつく木の下に落葉みづみづし厚く積もりて

秋葉四郎『樹氷まで』（二〇一七年・短歌研究社）

柿を食べると秋だと思う。果物屋の店頭に柿が並ぶころは、農家の庭の柿の木に、柿の実が日毎に色を深めてゆく。採るあてのない渋柿なのか、一家で食べきれないのか、木の上に残る熟れた実を鳥が啄む様も、本格的な寒さがやってくる前の静かな秋の風景である。自然の生み出す朱の色が、紅葉とともにひときわ美しい。

引用の歌が注目するのは、木の下の落葉が内包する時間。「びつしりと」という重厚感あふれる実りをもたらした時間に作者は目を向けるのである。柿の葉の紅葉も多彩な色が混じって美しいが、色彩ではなく、「みづみづし」「厚く積もりて」という角度から見る。木に宿る生命の息づきに着目する。「厚く」は、落葉の量だけではなく、生きる時間の厚みでもあるだろう。

作者は現在、上山の斎藤茂吉記念館館長である。館長としての折々を〈貫きて来るものつらぬき行くのみぞとにかく「歩道」を支へて生くる〉〈羯南が居て子規がゐて源流となりたる短歌貴ぶわれは〉と歌う。茂吉・佐太郎とつないできた「アララギ」の精神風土をまもろうという強靱な意志の持続がある。このように、一つの信条を貫いてきた時間が、掲出歌の「厚く積もりて」という表現をもたらした。

十六夜《いざよひ》の月中空《なかぞら》に光りつつ雪ふりをれば人をしのばす

雪雲《ゆきぐも》の中より白の濃き樹氷あはき樹氷の現れて見ゆ
佐太郎の生年《しやうねん》越えていよいよに独りとぼとぼと遠き道行く

系譜を受け継ぐものと自認し、まっすぐに歌い続ける姿勢に加えて、歌われている自然の大きさに頭を垂れたくなる。

2017/11/02

水の輪が水の輪に触れゐるやはらかなリズムのうへにまた雨が降る

河野裕子『紅』（一九九一年・ながらみ書房）

雨がぽつりぽつりと降っている。水に輪を作る。静かで伸びやか。見ていると心の裡にリズムが生まれる。読み終ってのちもまだ、「やはらかなリズム」が生まれつづけ、気持ちが生動する。誰でもが見知っている景でありながら、なかなかこのようにはいかない。短歌定型のリズムをとてもよく引き出している。

「触れゐる」の字あまりがつくる短い休止ののち、「やはらかなリズム」とつなぐ呼吸が、滑らかな水の波動をイメージさせる。輪の正体は、結句にいたって雨だと明かされ、歌は、いったん程よくおさまる感じだが、結句の「雨が降る」が、もう一度初句にもどって読むことを促す。雨が降っているのだと知ってから再読すると、「触れゐる」は多数のうちの一つであり、つぎつぎに新しい輪が現れては消えるのだとわかる。その反復が、五音と七音で繰り返される短歌のリズムと、自然に一体化して生動する。

『紅』は、〈ひらがなでものを思ふは吾一人英語さんざめくバスに揺れゆく〉などがあり、作者がアメリカに住み、英語の中で暮らした期間の作品を含む。「あとがき」に「アメリカという大陸の気候風土のなかで、作歌を続けるのは、容易なことではなかった」「子音の強い英語を聞きながら暮らしていると、ゆたかな日本語の母音の響きをいやでも意識せずにはいられなかった」と記している。日本語について、とりわけ短歌について考えることとなった日本語圏外の暮しと、掲出歌のような、日本語としての短歌のリズムは無縁でないはずだ。

足指のあはひぢりぢりと広がりて石負ふ黒人は歩み始めつ
ドアの隙《ひま》はいつも不思議な感じにて子らの目鼻が小さくのぞく
この木箱縛りし縄目に気迫あり縛りし人を思はしむるまで

やわらかくあることは、弱いことではない。反対である。鋭い観察と力の肯定がある。それゆえに作品が、自由で多様性に富んでいる。

2017/11/04

関節のやはき指もて髪の根を洗はれてをり今日は立冬

栗木京子『南の窓から』（二〇一七年・ふらんす堂）

三嶋暦というものがあり、毎年贈ってくださる人がいた。「カレンダーは『見る』、暦は『読む』」ものという。今日、十一月七日は立冬である。立冬は二十四節季の一つ。暮しを支える農耕や牧畜また漁猟と、季節が密接に結びついて生まれた暦は、あまり季節を意識しないでも暮らして行けるわたしたちに縁の薄いものになってしまったが、三嶋暦を繰ってみると、まことに読むもの。実地に結びついた一年の時間構成は感動的だ。二十四節季は、立冬の後、小雪・大雪・冬至と続く。まだ本格的な寒さとまではいかないが、気象変化が冬の予兆として感じられる季節だ。

掲出の歌には「いつも行く美容室。シャンプーの上手な女性がいる」というコメントが付いている。シャンプーが上手いかどうかは美容室選びの重要項目である。しなやかな指先の動きが至福の時間をもたらすシャンプー上手に出会うと、本当に嬉しい。

「髪を洗う」でなく、「髪の根を洗う」といっている点が秀逸。「根」があるから皮膚感覚を刺激され、その皮膚感覚が「立冬」という季節を呼び起こす。カレンダーに記された記号的な言葉ではなく、体感として冬の到来を感じている。

助詞は「を」か「に」かと語らふ春の午後うたの岸辺にわれらつどひて
50％オフの値札はワンピースの腰のあたりに吊られてをりぬ
蟬の声消えたる闇に浮かびをりスカイツリーは深き根もちて

理系出身の作者は、女性としてのしなやかさと同時に、冷静で細やかな客観観察の目をもっている。両者が絶妙に均衡を保っている。

2017/11/07

もやの中ひかりて落ちるいくすじの分れて再会《また》う光いくすじ

中村幸一『あふれるひかり』(二〇一六年・北冬舎)

どのような場所か分らないが、たちこめる靄から漏れてくる光の動きが歌われている。あえて背景を描かず、光の動きだけを歌って、抽象画を見ているような気分になる。崇徳院の〈瀬を早み岩にせかるる滝川のわれても末に逢はむとぞ思ふ〉を連想した。

主題は、「分れて再た会う」。言われてみれば、人生は不可思議な邂逅の連続だなあと思えてくる。この世では、あらゆる事物が出会ったり分かれたりの繰返しであるということまでも思わせる。歌集には〈流れゆく川のきらめき木の間より見えずも聞こゆその川の音〉〈流れゆく水のながれに光あり行く末見えぬことのうれしさ〉などがあって、いわゆる無常観が基底に流れているが、厭世的ではなく、明るく温かく肯定的。

珈琲が蒸気へ通される刹那、下手《したて》にでればいいのよ、という声
分析をやめて感じるままに生きこころの声を聞けと言われし
両脚を交互に動かし歩みゆくひとびと見れば秋深まりぬ

作者は、「あとがき」に「歌に対する心的態度が変わってきており、昨今は『エゴ』を外すのが目標となってきている。エゴとは作為、計算、論理、真面目である」と記している。「エゴ」を外したとき、短歌定型が強い力をもち、おのずから滑らかな調べが生じる。街行く人々が「両脚を交互に動かし歩む」のは当たり前であるが、そのような当たり前を、「エゴ」を外すことによって再認識するとき、それは、当たり前のことではないのである。

2017/11/09

くちびるは言葉をさぐるふりそそぐ秋の光の触《さは》れないもの

尾崎まゆみ『綺麗な指』（二〇一三年・砂子屋書房）

人間の内側に言葉が生まれる瞬間を、するどくつかんだ一首。初句と二句で行為を描き、下句では場を連想させて、「言葉」が誕生するときの感じを伝える。身体と外界が接触するイメージ。「くちびる」は身体、「光」は外界である。秋の光のひんやりと澄んだ感じと、体温をもつ「くちびる」の対照もきわやかだ。

「くちびる」や「光」は、短歌作品ではよく見かける語彙ながら、一首が印象に残るのは「触れないもの」という認識にあるだろう。「触れないもの」は観念であるけれども、読者の身体的感覚をよびさます。どこか官能的でもある。〈秋の空あきかぜ秋のあの時のひかりを入れる器《うつは》とは歌〉も同じ小題の中にあり、「歌」と「言葉」が使い分けられているのも面白い。

腕のやうな枝に膨らむ紅梅の血のつぶつぶが破れてしまふ
七月の雨をからだに容《い》れるから紫陽花の藍色は濃くなる
ラヴァーズ・コンチェルトから伸びてくるゆふぐれの白い腕と踊らう

このような歌もある。「腕」「からだ」と言っているからという以上に、また擬人法で出来ているからというだけではなく、作者に短歌を作らせる基になっているものが身体的感覚だということが分かる。身体の内側にある感覚を研ぎ澄まして「言葉」をつかみ、それが「歌」となる。この順番であり、逆の発想でないところが大事。感覚が認識になるときの、ときめきがある。

2017/11/11

薄翅に触れないように湯上りのおさなをタオルで包む　秋くる

富田睦子『さやの響き』（二〇一三年・本阿弥書店）

日本女性の社会進出は遅れているとはいうものの、半世紀前に比べれば驚くほど意識が変わった。近年、女性に働きやすい環境を整えよという声が当たり前のこととして語られるようになったのである。悪くないと思う。反面、いわゆる専業主婦が育児の過程に遭遇するさまざまな局面への言及は、うすらいでしまったのではないかと思う。

『さやの響き』の作者は、主婦に徹し、身籠りから出産育児と、子どもに没頭している。振り返ってみると、このような濃密な時間は実に貴重であったと、わたしは思う。育児が、退路を断たれた現場で、人間について、実にさまざまな具体を学ぶ切実な経験となることは、介護と同様である。

掲出の一首は、ママさん奮闘中の心の襞を歌っている。「薄翅」は、子どもが内包する可能性であり、同時に脆く傷つきやすい何かであるだろう。「秋くる」が、感傷を程よく抑え、お風呂上がりの幼時をタオルで受け止めるときの、ちょっとした気持ちの翳りを掬いとった。

隣人に暑いですねと挨拶す剝がす間際の湿布の貌して
母が母を喪くしし年を数えつつゆうやけこやけを娘に歌う
分かち合うキャラメル身ぬちにほどけゆくママ友というかりそめの友

近所づきあいや、ＰＴＡのつきあいなど、特別に評価されることのない日常に、家庭をささえ、みずからを支えて力強く生きている女性たちの哀歓を忘れたくない。

2017/11/14

我ならぬ生命《いのち》の音をわが体内《みぬち》にききつつこころさびしむものを

五島美代子『暖流』（一九三六年・三省堂）

「母の歌」というとこの作者を思う。身籠り、出産し、育児を通して作品世界を膨らませた。女性としての感情の揺れを正面から歌い続け、迷い、悩み、歌い続けた。

今では、妊娠のかなり早い段階で、精密な超音波映像や羊水検査などによって、胎児の性別や病気の確率を知ることができるらしいが、この歌が詠まれた大正の末、生まれて初めて子どもと対面するまで、母は、ただ「生命の音」として、胎児を感じているのであった。初めて身籠った女性にとって、視覚的イメージを与えられ、胎児の成長を映像で確かめられる今日と、胎動に驚きつつ体感によって、もう一つの「生命」を体内に感じ続けるのとでは、母の心はずいぶん違っていただろう。ここでの「ききつつ」には、それゆえに、胎児の「生命」の存在の直接的な重さがある。「さびしむ」は、まだ形とならない「生命」の、不安や怖れや、愛おしさの混在した感情であるだろう。同じ「胎動」の小題で〈人の子の赤き衣《きぬ》など目につきてひそかにゐがく吾子の面かげ〉〈胎動のおほにしづけきあしたかな吾子の思ひもやすけかるらし〉とも歌っている。

自分と顔を見あはせてゐるやうな不思議な気もち　子とゐみかはす
あぶないものばかり持ちたがる子の手から次次にものをとり上げて　ふつと寂し
自分の子には決してさせる日がないと安心して危険な作業の前を通り過ぎるのか

「母」の目は、人間のエゴや社会の歪みの諸問題をするどく突きつける契機となった。

2017/11/16

吾子《わこ》遠く置き来《こ》し旅の母の日に母なき子らの歌ひくれし歌

美智子皇后『瀬音』（一九九七年・大東出版社）

『瀬音』刊行当時、公的性格の歌集ながら、思いの深さが話題となった記憶がある。あらためて読んでみると、子どもに対しての母性の在り方について考えさせられた。静かに語りかけてくる母の歌集である。掲出の歌には「熊本県慈愛園子供ホーム」という詞書がある。訪問した施設の子どもたちの歌声に迎えられたときのものだが、母としての私的な感情と、「母なき子ら」への公的感情の交錯が、一つのものとなって、奥深い陰影を感じさせる一首だ。

歌集に〈家に待つ吾子《わこ》みたりありて粉雪《こゆき》降るふるさとの国に帰りきたりぬ〉と歌われている「みたり」は、〈あづかれる宝にも似てあるときは吾子《わこ》ながらかひな畏《おそ》れつつ抱《いだ》く〉〈生《あ》れしより三日《みか》を過ぐししみどり児に瑞《みづ》みづとして添ひきたるもの〉〈そのあした白樺の若芽黄緑の透くがに思ひ見つめてありき〉（順番に、「浩宮誕生」「礼宮誕生」「紀宮誕生」に際しての歌）の「吾子」である。皇室という特別な境遇ではあるが、特別であるがゆえに、自他の区別をこえて子どもを受け容れ慈しむ母性が、一つの典型として歌われているのだと思われる。母性が歌集の基調をなしている。

まがなしく日を照りかへす点字紙の文字打たれつつ影をなしゆく
子供らの声きこえ来て広場なる噴水のほの高く立つ見ゆ

ふっくらと寛容な眼差しによって、点字の打たれてゆく様や、噴水の穂先の向こうに、人の気配が温かく捉えられている。

2017/11/18

不安げなる顔して病室に入りくるむすめよここだ父はここにゐる

一ノ関忠人『帰路』（二〇〇八年・北冬舎）

病臥入院中の父をたずねてきた娘に呼びかける感情が真直に歌われる。「不安げなる」からは、何か重大な気配を感じながらも、事態を呑み込めない年齢の娘が想像される。また、複数の人の横たわる病室なのだろう、「ここにゐる」からは、両手を広げて娘を迎え入れる父の胸郭の深さとともに、ドア近くに立つ娘と臥床の父との間に保つ距離が感じられる。「ここ」の繰り返しは、娘の「不安」をしっかりと受け止めようとする父を思わせる。

戦後の家父長制の解体とともに、〈父〉は一家を支える大黒柱としての権威を失った。同時に父自身も、家から解放され、明るい民主主義的父像のもとに、マイホームパパなどと揶揄されもした。不平等な階層は封建遺制として批判され、家族間でも、対等な関係の構築が指向された。それにつれて、家庭内の〈父〉の存在は相対的に軽くなっていった。このような文脈に掲出の一首を置いてみると、下句「むすめよここだ父はここにゐる」には、〈父なるもの〉が恒常的に担う精神の息づきがある。

点滴の針より落つるひとしづくふたしづく命の水のごとしも

鉄橋をわたる電車の音響くやまひ養ひねむる夜の牀
アンパンの臍噛みなにかうれしくて妻と語りぬ冬の夜の部屋

もちろん病を肯定するものではないし、誰でもがそうなるものではないが、病を契機に心境＝歌境がぐんと深くなるということはある。「父はここにゐる」に感銘を覚えるのは、そこに病を経て獲得した命の愛惜があるからだろう。「われはここにゐる」ではない。

2017/11/21

雪の上に影ひきて立つ裸木に耳を当つれば祖父《おほちち》のこゑ

時田則雄『エゾノギシギシ』（二〇一七年・現代短歌社）

天気予報の北海道・東北・北陸の地域に、雪マークがつくようになった。雪マークを見ると、そこに暮らしている人の日常を想像する。わたしの住んでいる関東地方は、めったに雪が降らないから想像するだけだが、想像の時間は、土地に根ざした言葉の力を感じるひとときである。

歌集標題「エゾノギシギシ」について、北海道の広大な土地で農業に従事する作者は「奴はとにかくしぶとい雑草なので、私は『こん畜生』と呼んでいる。私は大地にしぶとく生きんとするその生命力に一種の親近感のごときものを抱いているのだ」という。作物の敵である雑草に親近感を抱くのは、そこに大地にしぶとく生きようとする自分の生き方が重なっているからだ。野趣に富んでスケールが大きい言葉は、今日の日本の都市生活者のそれと対照的。

掲出の一首は、雪上に凛として立つ木の幹に耳を当てるという。この場所を動かずに立ち続ける木の声に耳を傾ける。祖父もまた、この場所で寡黙に生きたのだろう。祖父の声を聞くようだという。祖父の声は、すなわち祖父の生き方。祖父から父へ、父から「われ」へと継がれた生を確かめ力強く肯定している。

　てのひらのぶ厚い男と飲みながら千年前の話してゐる
　木木たちは日暮れてもなほ立つてゐる真つ黒い枝をつーんと張つて
　シベリアの空翔けて来し白鳥の百余羽あかねの水の面に鳴く

作者は、自然の中で自然の一部として自身を生きている「てのひらのぶ厚い男」や「木木たち」や「白鳥」と親しく対話しているかのようだ。人間の足が地から離れつつある現在、ともすると忘れがちな土の匂いである。

2017/11/23

映さざるものは見なくてよきものか辺野古の海をテレビは映さず

吉川宏志『鳥の見しもの』

マスメディアの報道姿勢への批判はかなり前から話題になっているが、どこまで伝えられているのかという疑問は濃くなるばかりだ。見えないところで進行している数々があるだろうとは思うものの、見えないことは意識の外に追いやられがちだ。

「辺野古」は、沖縄の普天間基地の代替施設として計画され、反対運動を押し切って着工された飛行場だが、掲出の歌は、それを歌いつつ、日本には、知らされない重要問題がほかにもあるだろうと思わせる。歌集には〈見るほかに何もできない　青海に再稼働を待つ大飯《おおい》原発〉ともあり、「見る」への意識が強い。

俯瞰的に物事を見る見方を「鳥の目」で見るという。状況の中に身をおいて見る「虫の目」に対置される。歌集標題の「鳥の見しもの」は、「歌集の中の一首から取ったが、渾沌としている時代の中で、はるかなものを見たいという願いが反映しているように思う」と「あとがき」にある。「見る」ことへの希求と実践がうたわれる。

ひらがなを初めて習う子に見せる「つくし」三つの釣り針のよう
二輛のみの電車が停まるこの駅の二輛のながさに秋の陽が照る
初めての投票に行く子とともに冬の比叡の尖りを見上ぐ

このような歌では、「見る」という行為が「三つの釣り針」「二輛のながさ」「尖り」という、際やかな形象を生み出す。見るべきものを見ようというだけでなく、それが短歌の表現として結実している。

2017/11/25

親指の爪ほどもなき消ゴムに推敲の一首またも消したり

伊勢方信『ピアフは歌ふ』（二〇一七年・本阿弥書店）

作歌工房は、特別な道具や設備を必要としない。紙と鉛筆と消しゴムとアイデアのみ。まことに簡素である。だから、誰でも何処でも年齢制限もなく作歌できるなどと言われるけれども、一歩踏み込めば奥は深い。スマホやパソコンでの作歌がふつうになっても、簡素であることに変わりはない。が、言葉の質感が大きく変わった。紙や鉛筆や消ゴムの手触りとともにあった言葉が、つるりと均質な言葉になった。それはそれで時代の反映であるが、消ゴムの推敲によって練られた言葉の感触は忘れがたい。消されたものの気配が纏いついて、一首に彫りの深さをもたらす。

『ピアフは歌ふ』では、来し方を振り返る思いと、現代が抱える不安が交錯する。父母、亡き妹、妻子を、繰り返し歌っているが、いわゆる家族詠ではない。作者の視線は、家族の背後の、より広く遠い、家族が生きた時代や社会に向いている。

あをじろき頭蓋のごとく定置網の浮標揺れゐつ雪降る湾に
木守り柿くたち落ちたる枝先に蛻《もぬ》けし蛇の殼がそよぎぬ
ミサイルの部位に化けゆく日もあらむ圧延工場に鉄伸されゆく

浮標を「あをじろき頭蓋」と見るとき、柿の木の枝に「蛇の殼」を見るとき、「圧延工場に鉄」を見るとき、作者の中には現代社会が抱える不安が揺れ動く。そこには、言葉にならなかった、消しゴムで消された言葉がたくさんある。消された言葉は、読者に意味を届けることはないが、言語化できない何かを確かに残すものだ。

2017/11/28

欅木の黄葉のなかを一葉一葉丹念こめて散りゆく落葉

北沢郁子『満月』（二〇一七年・不識書院）

黄葉した樹木が葉を散らすさまは、見て美しいだけではなく、色々な想念を呼び起こす。春の桜と同じように、古来、多くの歌を生んできた。散り尽くす前の華麗さ、命の儚さ、この世の無常などに加えて、すでに来春を期す思いもあるだろう。

掲出の歌は命の終わりを主題としているが、どこかにふっくらと満ちた気分が添う。「一葉一葉丹念こめて」のフレーズによる。葉が一枚散るのも「丹念こめて」なのだという。巨視的に眺めれば、落葉と括られる現象を、個々の営みとして見ている。

よき便り開かむためにと求めたるドイツの鋏すでに古りたり
蜘蛛膜下出血にて急死せし人今あらば共に歩みゐむ日盛りの道
切られても伸びつづけたる竹煮草つひに絶えたる跡に来て見つ

『満月』という歌集名からイメージする、満ち足りた気分とは裏腹に、この歌集には、多くの喪失が歌われている。「古りたり」と戻らぬ時間を回想し、「今あらば」と亡き人を偲び、「絶えたる跡」

と無に向き合う。そうであるけれども、読後には、ふくらみのある、生きて来た時間へのやわらかな肯定感が残る。たぶん、満月は、満ち欠けをあまた繰り返す過程を背後に含み持つ「満月」なのであろう。作者もまた、それぞれの局面を「丹念こめて」生きて来たという感慨にもとづく。次の巻頭歌をはじめとして、集中には、心に沁みる歌がたくさんある。

一口づつ飲めと言はれて枕元に置く水いのちの水かもしれず

2017/11/30

風筋にのりてわづかの雪が飛ぶいづへに降りてあまれる雪か

阿木津英『巌のちから』（二〇〇七年・短歌研究社）

十二月に入って寒いときは、霜が降り、氷が張り、雪が降る。この歌では、あたりに積雪の景色が広がっている。たくさん雪が降った翌日だろうか、何処から吹かれて来たのか、雪が風に飛んで見える。降雪の後の、しいんと静まったひととき、目が細やかな動きをとらえた。誰でも見かけたことのある風景だろう。雪は、風に身を任せてなんとも楽しそうだ。「舞う」ではなく「飛ぶ」というところに力感が籠る。「あまれる雪か」も、たっぷりと降った雪を思わせる。

歌集名は、「雪舟の絵を観る。」という詞書をもつ一首〈地の芯のふかきを発し盛り上がる巌《いはほ》のちから抑へかねつも〉による。白と黒で描かれる水墨画の、ものの本質をとらえ、一息に描く簡明な力の強さに作者は惹かれている。そういわれれば、掲出の歌も、細部を描きつつ巨視的に本質を摑む一幅の水墨画のようである。

暗黒にひかり差し入りたましひの抽《ぬ》き上げられむあはれそのとき
しづけさは座卓のしたのゆふぐれの猫のぬくもり右腿に添ふ
身に火薬巻きつけてゆく少女ゆく道をおもはざらめや照り返す日に

右は、妹の臨終、自室の猫、中東のテロ。かつてフェニミズムをもって歌壇に旋風を起こした作者は、今も気力は衰えず、いずれの歌も、鍛えられた言葉の筋肉を見ているようだ。

2017/12/02

厨辺《くりやべ》の大き水かめ厚氷《あつごおり》柄杓《ひしやく》もて割る水くむ穴《あな》を

生方たつゑ『山花集』（一九三五年・むらさき出版部）

かつて家内を預かる女の仕事は、掃除・洗濯・育児のみならず、舅姑へのご機嫌伺い、使用人への指図、近所とのお付き合いや、地域社会への気遣いと際限ないもので、それら一切を含んで家事と呼んだ。女が、自分自身でいられるのは、家人が寝静まった後のほんのしばらくだったろう。若き日の生方たつゑにとって、切れ切れに見出す僅かな時間に一首の歌をまとめることは、自己の生を確かめるための切実で濃厚な営為であった。

台所に立つ女の視線で事象を掬い上げる写実の歌を指して、厨歌といった。「厨」には、種々の機能をそなえた家電製品がならぶ今日のキッチンからは想像しにくい、暗さや重さや湿り気があった。厨歌は、そうした身辺の小さな素材を拾い上げる手法として、おもに写実派によって推進された。限られた素材のゆえに、とるに足りない些末事だと批判されもするが、家事に従事するどれほど多くの女性たちの心に潤いをもたらしたことかと思う。

生方は、温暖な伊勢に生まれ、東京で学識を積み、山間の地である沼田の旧家に嫁した。後年、写実を脱して、抽象的な歌風を確立したが、掲出の歌のように手堅い初期の写実の歌も捨てがたい。

汲み置いた水を掬うために厚く張った氷を割る。厨ごとは力業である。「水くむ穴を」に、綺麗ごとでは済まない現実がある。。

朝《あした》には凍《しみ》し干物《ほしもの》雫《しずく》してかげろふゆらぐ午《ひる》ちかみかも
踏《ふ》みゆけば葛《くず》の堆葉《うづは》のじとじとにふふみもてりし水吐きにけり
谷ふかみ木《こ》ぬれをつたふ紫《むらさき》のあけびは白き口あけにけり

2017/12/05

建築のあいまを燃やすあさやけを飛びながら死ぬ冬の鳥類

吉田隼人『忘却のための試論』(二〇一五年・書肆侃侃房)

気象予報では、今日も、北からの寒気団による厳しい朝の冷え込みが報じられている。寒さに震えながら見る朝焼けは美しく荘厳だろう。同時に非情や酷薄を内包するだろう。

掲出の歌は、「あさやけ」の荘厳な美と非情酷薄を、一首の中につくっている。普遍化された「あさやけ」。一首の普遍化に大きな役割をはたしているのは「建築」「鳥類」という概念語である。わたしたちは、作歌の初歩に、概念を排して、細かく観察し具体を述べよとアドヴァイスを受ける。それを逆手にとるかのように、「建築」「鳥類」というのである。

「建築のあいま」を、例えば「ビルのあいだ」とすると、とても具体的になるが、一挙に現実の表現にかたむく。「建築のあいま」と「ビルのあいだ」には、作歌の立場に大きな違いがある。『忘却のための試論』の作者は、脳内のイメージを、現実のモノやコトに翻訳したり固定したりしたくないのだろう。イメージはイメージのまま歌おうということだ。歌の空間が広々としているのは、「あさやけ」の空のためでもあるが、写実の桎梏から解放された言葉のせいでもあるだろう。

枯野とはすなはち花野　そこでする焚火はすべて火葬とおもふ
神もまたねむる　ねむりてみるゆめのなごりともみえたゆたふ水母《くらげ》
くらきそら、そらのくらさは重力のくらさともへばしほのみちくる

「詩歌に限らず文芸一般は言語を質料《マチエール》、想像力を形相《フォルム》として、作家の実人生とは何ら関係ないところに反現実・反世界の虚構空間を立ち上げるきわめて不毛な営みだ」と、巻末の「Epilogue または、わが墓碑銘《エピタフ》」にある。歌論というより文学論に基づく果敢なる歌集である。

2017/12/07

戰争のたびに砂鐵をしたたらす暗き乳房のために禱るも

塚本邦雄『水葬物語』（一九五一年・メトード社）

昨日十二月八日は太平洋戦争開戦の日であった。夏の終戦記念日は大きく話題になるが、開戦の日はそれほどでもない。けれども今年は、世界の動向が戦争に傾いてゆくようで、過去の事では済まない気がした。開戦前の空気感はどのようなものだったかと切実な思いがわく。経験として、開戦の日を知る人々も少なくなった。

『水葬物語』は、前衛短歌運動とよばれる動きを生み、それ以前の、周囲の事実を詳細に描写したり、内的感情を吐露したりという、自然発生的自己を肯定し表現し伝える短歌世界に、革命的な衝撃をもたらした。暗喩を駆使し、表現は現実の作者を離れて、社会や人間や世界を揶揄して見せる。直接的な反戦歌とは異なる。方法や手法が切り拓いた、鋭角的対立的な戦争批判が読みとれる。

革命歌作詞家に凭りかかられてすこしづつ液化してゆくピアノ
墓碑に今、花環はすがれ戰ひをにくみゐしことばすべて微けく
海底に夜ごとしづかに溶けゐつつあらむ。航空母艦も火夫も

前衛短歌の特色は、辞の断絶と暗喩だといわれる。その新しい表現の源には、戦争への怒り、敗戦の口惜しさ、戦死者への哀悼など諸々を、抒情として歌い流してはならないという強い意志がある。

掲出の「砂鐵をしたたらす暗き乳房」は銃後の女たちの戦争協力。人々は、そうと望まないままに、また自覚のないままに、巻き込まれ流されていった。それを見た経験が歌の背後に重く横たわる。

2017/12/09

幼らの輪のまんなかにめつむれる鬼が背後に負わされし闇

永田和宏『無限軌道』（一九八一年・雁書館）

異界に住む異形の者たちを総称して鬼という。宿命的に大きな闇を負った者たちだ。輪になって鬼を囲む子どもの遊びは、はるかに遠い昔話の光景とも感じられるが、戦後間もないころ、わたしたち子どもは、原っぱや路地裏で、石蹴りやハンケチ落としやカゴメカゴメのような、元手のかからない遊びをしていたものだ。遊びとはいえ、輪の真中で鬼になったときの、世界から弾きだされたような孤立感は忘れ難い。

引用の歌は、『無限軌道』巻頭の連作中の一首。幼い時に失った母を主題に、物語化された一連である。母恋の歌ではあるが、情に流れることなく、遠く、幼児の自分を対象として見つめ描いている。連作の中で読むと、「負わされし闇」は、幼くて母を失った者の欠落感ということになる。しかし、わたしは、もう少し広げて、人間存在が普遍的に負っている寂寥を見ているのだと読みたい。「負わされし闇」は人によって異なるものの、誰しも、それを引き受け対峙し補うべく生きているのではないだろうか。

カラスなぜ鳴くやゆうぐれ裏庭に母が血を吐く血は土に沁む
いくばくの雪もろともに降ろさるるいたく静かな底までの距離
ささくれて世界は暮るる　母死にし齢に近く子を抱きて立つ

同じ連作中の歌である。作者にとって大きな意味をもつ一連と思う。表現は抽象的ながら、「地は土に沁む」「底までの距離」「子を抱きて立つ」という硬質な認識が、鉄板に刻まれた鏨跡のようである。

2017/12/12

広辞苑になくて大辞林にある「草生《くさふ》」よき名の草生さんに会ふ

今野寿美『さくらのゆゑ』（二〇一四年・砂子屋書房）

名は体を表すという。草生は草の生えているところ。たぶん作者の会った草生さんは、外連味のない野原のような人だったのだろう。名前のイメージと人の印象を結びつけるところに作者独自の着想がある。早速、辞書にあたってみるところもさすがだ。

集中に〈赤でなく紅でなければならぬこと　一生かける人、かけぬ人〉ともある。「赤」と「紅」の違いに拘る人は珍しくはないが、それに一生かけるかと問われると、わたしなどは、ふーむと考える。どちらかと言えば「かけぬ人」だ。作者はもちろん前者、気のすむまで追求する。

引用の歌は何回か読み直すと、会う対象が人でありながら、読後に残る印象は、「草生」から呼び起こされた明るい野原のイメージである。言葉の音の響きや調子への細やかな心配りによる。言葉の響きへの敏感な反応は格別である。

ほとりなる無念夢想の一列《つら》は風読むなればみな風に向く

桐の花咲きあらたまり政治家はしつかり、しつかり、しつかりばかり

みなづきはなべてうつすりつつまれて雨、雨、雨だれ青木雨彦

短歌の調子と相まって、イメージがイメージを呼ぶ。ぜひとも声に出して読みたい歌である。『さくらのゆゑ』は、社会や政治に関わる内容、近代短歌史に関わる知識も豊富に抱え込んでいるが、いずれも短歌定型の滑らかな調子に回収し、言葉への凛とした姿勢を貫いている。

2017/12/14

凍み豆腐干し柿大根　東北の手仕事に降る雪のつぶてが

梶原さい子『リアス／椿』（二〇一四年・砂子屋書房）

昨日十二月十五日の「天声人語」は鈴木牧之の『北越雪譜』を紹介していた。『北越雪譜』は、北越の豪雪地と江戸の生活が大きく違うことを知ってもらおうと、故郷の暮しぶりを詳述した、江戸時代の豪商のエッセイである。今日ではテレビやインターネットのレポートで簡単に現地の様子を見ることができる。しかし、なかなか実感をともなわないものだ。

『リアス／椿』の作者の実家は気仙沼の神社。二〇一一年の津波で被災した。『リアス／椿』は、そ

れから三年後に刊行された歌集である。多く詠まれた震災の歌の中で、記憶にのこる一冊であった。経験していなければ歌えない諸々が詰まっている。震災をはさんで、「以前」と「以後」の歌を比較対照させた構成である。「以後」の歌は、小題に一月から十二月の月が掲げられ、現地の様子が時間を追って変わってゆく、あるいは変わらないでいる様子を記録する。短歌ならではの貴重な記録と思う。

掲出の歌は、〈あまたなる死を見しひとと見ざりしひとと時の経つほど引き裂かれてゆく〉〈震災詠はもういいぢやない　薄き座布団の上に言はれてをりぬ〉などを含む一連「まなこ―十二月」の中にある。同じ「凍み豆腐干し柿大根」が、震災の「以後」だが、風土に生きる人々の日常として一層あざやかに映し出される。

湯の内を浮き上がり来るまろき玉どの瞬間にひとは逝きしか
雑食の蛸であるゆゑ太すぎる今年の足を皆畏れたり
毀《こぼ》たれしままの岸壁ひとの耳に届かざる音《ね》に水打ちつづく

2017/12/16

言擧げを吾はせねどもうら深く國を憂ふる者の一人ぞ

半田良平『幸木』（一九四八年・沃野社）

過日十二月十七日、栃木県鹿沼市で、「半田良平130年記念のつどい」が催された。半田良平の育った土地を一度は訪れてみたいと思っていたので出かけた。よく晴れて、遠く日光の山なみを望む静かな農村地帯が広がっていた。寒い一日だったが、それでも宇都宮よりは幾分か気候が穏やかで、住む人の気質にもあらわれていると、タクシーの運転手は話してくれた。これをただちに、作品世界の広さ、奥の深さと結びつけるのは、如何にも短絡だと思いながらも、どことなく納得するところがあった。

一八八七年、鹿沼で生まれた良平は、学問を志して東京に出た。美学という学問と結びながら窪田空穂の門下で、文学としての短歌を探求し、研究・評論・作歌と旺盛な活動を続けた。しかし、戦争の時代に、子息三人を失い、自らも病魔に斃れるという不幸にみまわれ、終戦の三カ月前の五月十九日に五十八歳の生涯を閉じた。本歌集は戦後すぐに刊行されたものである。

掲出の歌は、絶命の前に歌われた二首の内の一首。巻末に収録。空襲に怯えつつ、言論が封じられながら良心を捨てず、言葉を選んで国の行く末を案じている。戦争末期の知識人の苦悩がにじんでいる。この後に〈一夜寝ば明日は明日とて新しき日の照るらむを何か嘆かむ〉がある。『幸木』の序文で、窪田空穂は、向上心の強さと視野の広さが実際生活と結びつき自身と時代との関係を的確に摑もうとする心があると、指摘している。昨今の不安定な世界状況を、また日本の政治的動向を見るとき、わたしたちに強く訴え、表現の在り方を問いかけてくる歌集だ。

口頭試問してゐる吾の據りどころ崩るるごとき瞬間があり
死にし子は病み臥してより草花をいたく愛《め》でにきと妻のいふかも
軍神《ぐんしん》の母のひとりが年老《とし》いて夜《よる》はさすがにさみしといひき

人間の心の内側を深く見つめて、甘くならずに温かい。

2017/12/19

九条は好きださりながら降りだせばそれぞれの傘ひらく寂しさ

中沢直人『極圏の光』(二〇〇九年・本阿弥書店)

憲法改正論議が、わたしたちのお茶の間のテレビからも盛んに聞こえて来るようになった。賛成派反対派の解説者が出て来ていろいろ説明しているが、殆んど藪の中の出来事を語っているようで、摑みどころがない。国民的議論などといっても、確固たる意見を持てるだけの見識があるのかと自問すれば何も言えないというのが本当のところだ。聞いていると、日本の戦後七十年が妙に色褪せて寂しく感じられるのはなぜだろう。掲出の歌は、十年くらい前のものだが、その「寂しさ」はいっそう深まったように思う。

歌の鑑賞は、できることなら作者の略歴や状況を前提に読みたくないと思う。どこかで必要以上に作品を規定してしまうからだ。読むときは作者の実人生から作品を解き放ち、自由に空想を広げて楽しみたい。けれども、掲出の歌では、作者が憲法学者であるという知識があった方がいい。憲法のエキスパートの呟きである。法学という学問研究の場では抑えられているであろう、心の内側に巣食う「さびしさ」をいう。〈公務員試験にここは出ませんと言い添えて九条を終えたり〉という歌もある。

前方に横須賀ランプ　高速を降りねばならぬ日がいつか来る
うなだれる羊歯植物を踏みつけて教授は坂をのぼり続ける
ただ一つわれを導く矢印がラッシュアワーの改札にある

巻末の岡井隆の解説で、作者の、一つの物ともう一つのものとの対比の中に作歌する二元性が指摘されているが、よく頷ける。高い批評性と冴えた言語テクニックが印象に残る。

2017/12/21

残業の夜はいろいろ買ってきて食べてゐるプラスチック以外を

本多真弓『猫は踏まずに』（二〇一七年。六花書林）

〈わたくしはけふも会社へまゐります一匹たりとも猫は踏まずに〉が巻頭歌。歌集名になっている。作者は会社員であると宣言しているのである。それを前提に掲出の歌が出てくる。〈ですよねと電話相手を肯定しわたしを消してゆく会社員〉というのもある。

会社で残業をしている。夕食は近くのコンビニ弁当か。「いろいろ」といっているから、スナック菓子や飲み物なども買い込んで来たのだろう。今夜は遅くなる予感がするのだ。みんなプラスチック容器に入っている。容器は食べない。当たり前だ。けれども「プラスチック以外」を食べていると感じるのは、当たり前ではない。家にいれば陶器の皿や漆器の椀で食事をするが、皿や椀以外のものを食べたとは、ふつう思わない。LEDの白い照明の下で、ステンレスの事務机に向っての残業（そんなことは書かれていないが）が、にわかに非人間的なものに感じられる。

生きてゐて明日も働く前提で引継ぎはせずみな帰りゆく
待つことも待たるることもなき春は水族館にみづを見にゆく

明日も生きてここで今日と同じように仕事をするという当たり前のことを、ちょっと疑ってみる。そうすると、わたしたちの日々の安定は、何の確証もない思い込みの上に保たれているのだと気づく。おそろしい不安定は見ないことにしている。水族館には魚を見に行くのがふつうだろう。水なら水族館以外のところにいくらでもあるのだから。しかし、作者は水を見に水族館へ出向く。「プラスチック以外」を食べ、「引継ぎ」はせず、「水族館へみづを見にゆく」のは、当たり前のことだが、危うい現代社会を裏側から透かして見ているようで、鋭い批評性に背筋が寒くなる。

2017/12/23

みづからが飛べざる高さを空と呼び夕陽のさきへ鳥もゆくのか

光森裕樹『山椒魚が飛んだ日』（二〇一六年・書肆侃侃房）

地上に身を置いて眺めていると、上を見てあれが空だと、誰もがあたかも同じものを見ているような気になる。というより、そう思っていた。上空からの俯瞰写真や動画が日常の中にあふれている今、地球をとりまく空を、わたしたちは「空」と一括りにできない日々を生きるようになった。「空」とはどこをいうのか、あらためて考えると解らなくなる。

掲出の歌は、「空」は「みづからが飛べざる高さ」だという。地上からは空を飛んでいると見える鳥も、その先にもっと高い空がある。「空」が階層的に捉えられている。そのような空間把握には、時代の生んだ認識が反映している。

きつときみはぼくらの子どもに触れさせる山椒魚よやさしくねつて
其のひとの荷物はすでに世にありて襁褓《むつき》の箱を積む部屋のすみ
其のひとは　いつかのぼくで此のさきのどこかの君で、あなた、でしたか

歌集は、結婚して沖縄に住み、子をもうけ父となるという物語が、一本の経糸になって展開する。

「きみとぼく」のあいだに生れるだろう「子ども」に胸を膨らませる。新生児の「襁褓」は首尾よく調えられて「あなた」が誕生する。どこにもある新生児誕生の光景である。けれども、胎児を「其のひと」と三人称で呼び、「この世」に生れた瞬間に「あなた」と二人称で呼びかけるのである。そのような表現には、どこからを「空」というのか考えるときと同じような空間把握＝距離の計測がはたらいている。「其のひと」は、とても新しい感覚。親疎を測る認識と胎児を一個の存在として対等なものとみる尊重が、表現に示される。他にも作歌上の果敢な挑戦がたくさん試みられており、「夕陽のさき」の新しい表現を探る熱の感じられる一冊である。

2017/12/26

クローゼット等間隔に吊るされた薄い衣服が息吹き返す

竹内　亮『タルト・タタンと炭酸水』

外山滋比古著『日本の文章』を読んでいたら、「日本語は明治の間におびただしい外来語の流入、それに対する訳語の流入などということがあって、新しい言語の歴史が始まった」「それからほぼ百年、日本語は詩歌を生み出すにもなお若すぎる。いわんや知的散文を書くにはたいへん未熟である」という一節に出くわした。日本語は新しい言語のスタイルを作る過程にあるというのである。目からウロコが落ちた。「始まってまだ百年しか経っていない日本語」という視点がおもしろい。文語か口語かという表層の変化を追うだけではなく、新しい日本語の短歌なのだと考えると、なんだか嬉しくなる。

掲出の歌の「衣服」は女性のドレスだろうか。クローゼットに整然とならんでいる服の一つを取り出して着ようとしている人の気配が動く。明るく伸びやかな空間である。「クローゼット」が、いかにも今である。少し前には洋服箪笥と言っていた。

わたしの祖父母の時代、つまり明治生まれ世代は、和服で日常を送っていた。着物は畳んで箪笥にしまった。今、スーツやドレスはクローゼットに吊るす。衣服が水平的なものから垂直的なものに、平面的なものから立体的なものとしての扱いを受けるようになった。それでも、スーツやドレスが暮らしに根付いているかといえば、未だしの感があると、わたしは思う。先の「新しい言語の歴史」に似ている。

段ボールが運び出されて空っぽの部屋の隅までひかり差し込む
濃紺のワンピースから現われた白い曲線なににも触れず
店先の自転車のそば飼い主を待つ灰色の犬の落ち着き

折り目正しい言葉で平易に語られている空間把握に、新しい短歌の方向を感じた。

2017/12/28

十二月二十八日午後二時のひかりのなかに二つの林檎

今井恵子『渇水期』(二〇〇五年・砂子屋書房)

文章を書くにあたって自分の歌を引くのは面はゆいけれども、一年間つづけた作業の終止符のつもりで自作を置くことにした。ではまた、というご挨拶である。

これは、『渇水期』の巻末に置いた歌である。山村暮鳥の「林檎が一つ日あたりにころがつてゐる」が意識に残っていたかもしれない。何も特別なことのない年末の一齣をすくいあげたつもりだった。周囲に、どうしてこんな歌を作るのかまったく理解できないという声があった。別の声が、「二二」の語呂合わせじゃないの?と擁護してくれたが、それだけでもないと思ったものだ。

長く、「無内容の歌」という語が、頭の中を往き来していた。どこで覚えたのか忘れていたが、先日、篠弘著『残すべき歌論』を繰っていると、山本健吉が、意味が重くなり過ぎた歌に対して、『短

歌　その器を充たすもの』を書いて短歌無内容論を唱えたとあった。わたしが作歌を始めたころに出た本である。読んでもさっぱり理解できず、早々に放り出したと記憶する。それでも、若い時の経験は、無意識の中のどこかに残っていて、ときどき顔をだすのだろう。今や歌の系譜などなくなったという人もいるが、わたしはそれには反対である。いつ何処で産湯をつかったかは、なかなかの重要事である。

海に向き一つの椅子が置かれあり断崖の上なれば誰も座らず
航跡の消えるまでねと言いながらまだここにいる風に吹かれて

＊

一年間、手を伸ばしたところにあった歌を契機に、気儘に折々の小感を呟いてきた。心惹かれる歌にたくさん出会った。読んでいると、どのような歌も、一首一首に、歌われる必然性があることが分ってくる。日本人に短歌形式があってほんとうによかった。

2017/12/30

ま 行

や 行

わ 行

さ 行

た 行

な 行

は 行

索引（人名『歌集名』）

あ 行

か 行

著者略歴

今井恵子

1952年　東京都生まれ
1973年　「まひる野」に入会して作歌を始める
1982年　「音」創刊に参加（2000年に退会）
1984年　歌集『分散和音』（不識書院）
以後の歌集に『ヘルガの裸身』（花神社・1992）、『白昼』（砂子屋書房・2001）、『渇水期』（砂子屋書房・2005）、『やわらかに曇る冬の日』（北冬舎・2011）、歌書に『富小路禎子の歌』（雁書館・2002）、『樋口一葉和歌集』（ちくま文庫・2005）
1996年　フェリス女学院大学非常勤講師となり短歌実作講座を担当（2021年まで）
他にいくつかカルチャー短歌講座の講師
2002年　短歌ユニット『BLEND』創刊（2006年解散）
2006年　「まひる野」に再入会（2014年より編集委員）

ふくらむ言葉——現代短歌の鑑賞 155首

2022年5月2日　初版発行

著　者　今　井　恵　子
発行者　田　村　雅　之
印刷所　長野印刷商工㈱
製本所　渋　谷　文　泉　閣

発行所　東京都千代田区内神田3-4-7　砂子屋書房